매일
매일

제인
오스틴

365

Jane Austen for Every Day of The Year
by Tara Richardson

Copyright © Octopus Publishing Group 2025

All rights reserved. No part of this work may be reproduced or utilized in any form or by any means, electronic or mechanical, including photocopying, recording or by any information storage and retrieval system, without the prior written permission of the publisher.

Jane Austen for Every Day of The Year was first published in the English language by Octopus Publishing Group.

Korean translation rights © 2025 by Haksan Publishing Co., Ltd. Korean translation rights are arranged with Octopus Publishing Group through JMCA Agency Korea.

이 책의 한국어판 저작권은 JMCA 에이전시를 통해 저작권자와 독점 계약한 (주)학산문화사에 있습니다.
저작권법에 의해 한국 내에서 보호를 받는 저작물이므로 무단 전재와 무단 복제를 금합니다.

일러두기

- 인용문인 점을 감안하여 이해를 돕기 위한 부분은 상황, 단어, 인물 등에 대한 옮긴이의 각주를 날짜별로 달았습니다.
- 작품 속 애칭은 사용하지 않고, 본명으로 표기했습니다.
- 제인 오스틴이 즐겨 사용한 '─'(대시)는, 말을 잠시 멈추거나 곤란함을 나타내는 의도로 쓰인 경우가 많아 원문의 뉘앙스를 살리기 위해 그대로 두었습니다.

차례

들어가는 글	*6*
1월	*9*
2월	*37*
3월	*67*
4월	*99*
5월	*129*
6월	*163*
7월	*193*
8월	*227*
9월	*253*
10월	*279*
11월	*311*
12월	*341*
참고도서	*371*

들어가는 글

문학과 문화, 그리고 대중의 상상력에 제인 오스틴만큼 큰 영향을 미친 작가는 드물다. 비록 겉으로 보기에는 사랑받았던 딸이자 형제자매, 조카들의 정 많은 이모로서 비교적 조용한 삶을 산 듯 보이지만, 그녀의 글 속에는 풍성하고도 생생한 상상력, 놀라운 내면세계와 인간 본성에 대한 깊은 이해가 드러난다. 우리가 서로를 사랑하는 (그리고 때로는 상처 주는) 방식에 대한 제인 오스틴의 통찰력은 그녀의 작품이 수 세기가 지난 오늘날에도 여전히 유효하고 공감을 주는 이유 중 하나다.

이 책과 함께 우리는 제인 오스틴의 가장 사랑받은 작품에 등장하는 인물들과 재치 넘치는 통찰을 엿보며 일 년을 보낼 것이다. 오스틴은 여섯 편의 대표 장편 소설로 가장 잘 알려졌는데 《이성과 감성》(1811), 《오만과 편견》(1813), 《맨스필드 파크》(1814), 《에마》(1816), 《노생거 사원》(1817), 그리고 《설득》(1817)이다. 이 외에도 짧은 (그리고 짓궂게 웃기기도 한) 서간체 소설인 《레이디 수전》(1871)을 쓰기도 했다. (《노생거 사원》과 《설득》, 《레이디 수전》은 사후에 출간되었다) 이에 더해, 두 편의 미완성 소설인 《샌디턴》과 《왓슨 가족》을 남겼으며, 《쥬베닐리아》라고 알려진 초기 작품 모음집도 있다. 우리는 이 모든 훌륭한 작품들의 짧은 발췌문도 함께 만나 보게 될 것이다.

제인 오스틴은 편지를 많이 쓴 작가이기도 했다. 친구들, 특히 사랑했던 언니인 커샌드라와 정기적으로 소식과 의견을 교환했다. 하지만 오스틴이 세상을 떠난 뒤, 커샌드라는 가족의 사생활을 보호하고 아마도 오스틴의 특정 발언이 세상에 알려지는 것을 막기 위해 이런 편지들을 상당수 파기해버렸다. 제인 오스틴이 썼던 수많은 편지 중 오늘날까지 남아 있는 것은 161통뿐이다. 오스틴 전기 작가인 클레어 토말린(Claire Tomalin)은 이렇게 적었다. "1796년부터 1801년까지 5년의 기간 동안 전해진 편지는 28통만 남아 있다. 특히 1797년에는 [······] 한 통도 남아 있지 않은데, 커샌드라가 가족의 사적인 자료를 없애는 데 특히 신경썼기 때문이다." 이는 클레어 토말린의 설명대로, 제인 오스틴의 편지는 전반적으로 사소한 일에 관한 것이었다는 사실을 의미하기도 한다. 많은 편지가 소실되었다는 점을 기억하는 것도 중요하지만, 동시에 우리는 제인 오스틴이 일상생활을 그린 작은 스케치들을 충분히 즐길 수 있다는 것도 잊지 말자. 남아 있는 편지들에는 오스틴 특유의 짓궂은 농담과 건조한 유머*로 가득하다.

제인 오스틴이 오랫동안 사랑받아 온 뛰어난 작가라는 점을 생각하면 더 많은 글을 읽고 싶은 마음이 드는 건 자연스러운 일이다. 마흔한 살의 이른 나이에 생을 마감했음에도 오스틴은 우리가 즐길 수 있는 풍성한 작품을 남겼다. 올해는 매일매일 제인 오스틴의 멋진 세계에 흠뻑 빠져 보자.

---

* dry humour, 영국식 유머. 말하는 사람이 진지한 표정과 담담한 말투로 반어법을 사용해 웃음을 유발하는 식이다.

1월
JANUARY

시끌벅적했던 연말 행사들이 마무리되고 긴 밤과 음울한 낮이 이어지는 1월은 그야말로 당신의 내면에 잠들어 있던 레이디 버트럼처럼 지낼 수 있는 최적의 달이다. 퍼그와 함께 소파에 몸을 묻고 느긋하게 뜨개질하며 아늑하게 지내자. 따뜻한 히터 옆에서 책을 읽거나 카드 게임을 하는 것도 좋다. 우드하우스 씨도 이를 마다하지 않을 것이다. 다만 끔찍한 찬바람은 절대 들어오지 못하게 조심할 것.

부정기 축제일

세계 편지 쓰기 주간(Universal Letter Writing Week)

이 서간 축제는 대개 1월 둘째 주에 맞춰 진행된다. 제인 오스틴과 책에 등장하는 인물들은 모두 편지 쓰기의 열렬한 팬이었다. 그래서 마리아 버트럼과 헨리 크로퍼드의 추문부터 다아시와 위컴의 극심한 불화에 대한 진실에 이르기까지 가장 중요한 소식은 서둘러 쓰인 편지를 통해 전해지곤 했다. 그리고 물론 책 전체가 편지 형식으로 된 《레이디 수전》도 있다. 제인 오스틴에게 영감을 받아 누군가에게 짧은 편지를 써 보는 건 어떨까.

블루 먼데이(Blue Monday)

주로 1월의 세 번째 월요일인 블루 먼데이는 일 년 중 가장 우울한 날로 여겨진다. 연말과 새해의 명절 분위기도 다 지나갔고, 날씨는 춥고 음산하며 밤은 길고 여름은 너무나 멀리 있는 것 같다. 그럴 때는 엘리자베스 베넷이 여름에 펨벌리(다아시의 영지)를 방문하는 장면을 읽거나 에마 우드하우스와 친구들이 박스 힐로 즐겁게 소풍 가는 장면을 머릿속에 그리면서 1월의 우울함을 떨쳐 보자.

1월 1일

제인 오스틴의 가장 유명한 첫 문장으로 한 해를 시작하는 게 맞는 것 같다.

재산이 넉넉한 미혼 남성이라면 분명 아내를 찾고 있다는 것은 누구나 인정하는 진리다.

— 《오만과 편견》

1월 2일

오늘은 세계 내성적인 사람들의 날(World Introvert Day)이다. 그러니 잠시 시간을 내어 문학사 최고의 내성적인 인물 중 한 명인 베넷 씨를 떠올려 보는 건 어떨까.

메리턴으로 산책 가자는 리디아의 말을 모두 기억하고 있었다. 메리를 제외한 모든 자매가 함께 가기로 했다. 베넷 씨의 부탁으로 콜린스도 동반했는데, 베넷 씨는 그를 떼어 놓고 서재에 혼자 있고 싶어 안달이 났기 때문이다. 콜린스는 아침 식사 후 베넷 씨를 따라 서재로 들어가 가장 두툼한 책을 꺼내어 읽는 척했지만, 실은 헌스퍼드에 있는 자기 집과 정원에 대해 쉴 새 없이 떠들어 댔다. 그의 이런 행동은 베넷 씨를 불편하게 만들었다. 서재에서 그는 늘 조용하고 한가롭게 지낼 수 있었다. 엘리자베스에게도 말했듯 그는 집 안의 다른 방에서는 한심한 소리와 자기 자랑을 들어줄 마음의 준비를 하고 있지만, 서재에서만큼은 그런 것들로부터 자유로워야 했다.

— 《오만과 편견》

1월 3일

레이디 버트럼은 남편이 자기를 두고 떠나는 게 도무지 달갑지 않았지만, 남편의 안전에 대해서는 전혀 신경 쓰지 않았다. 그녀는 자신 외에는 누구에게도 위험하거나 어렵거나 피곤한 일을 겪을 수 있다는 생각을 일절 하지 않는 사람 중 하나였기 때문이다.

── 《맨스필드 파크》

1월 4일

1월이 되면 많은 사람이 더는 지갑을 열어서는 안 되겠다고 느낀다. 그런 의미에서 우리는 속물적인 패니 대시우드가 남편이 아버지의 유언을 지켜 과부와 딸들에게 재정적 지원을 해야 할지를 따지는 모습에 조금은 공감할지도 모른다.

"일 년에 100파운드면 그 집 식구들은 모두 더할 나위 없이 편안히 지낼 수 있어요."

하지만 아내는 이 의견에 선뜻 찬성하지 않고 좀 머뭇거렸다.

"물론 1,500파운드를 한 번에 주는 것보다는 낫죠. 하지만 대시우드 부인이 15년이나 더 산다면 우리는 완전히 속아 넘어가는 거예요."

"15년이라니요! 사랑스러운 패니, 그거의 반도 못 살 수 있어요."

"그야 그렇죠. 하지만 아시다시피 사람들은 받을 연금이 뭐라도 있다면 영원히 살기 마련이잖아요."

— **《이성과 감성》**

1월 5일
주현절(Twelfth Night)

섭정 시대에 주현절(1월 5일이나 6일에 기념함)은 전통적으로 크리스마스 시즌의 끝 무렵이었고, 마지막으로 성대한 무도회를 열어 기념하고는 했다. 제인 오스틴 소설에 등장하는 여러 무도회 중 그 어떤 것도 주현절에 열리진 않으니, 우리는 셰익스피어의 《십이야》에 나오는 문장을 재치 있게 살짝 바꿔 이렇게 말하는 다아시로 만족해야 한다.

"나는 시를 사랑의 양식이라고 생각해 왔습니다."

— **다아시, 《오만과 편견》**

1월 6일

〔패니는〕 노리스 부인의 눈길을 피할 수 있을 때마다 응접실에서 춤 스텝을 연습했다. 노리스 부인은 처음에는 집사가 막 피워 놓은 벽난로 불을 헤집는 데 온통 정신이 팔려 있었다.

── 《맨스필드 파크》

1월 7일

《이성과 감성》에서 대시우드 자매가 런던으로 떠났던 시기가 1월의 첫 번째 주로, 이 소식은 친척들에게 대단히 반가운 일이었다.

제닝스 부인은 그 소식을 듣고 대단히 기뻐하며 친절하게 잘 보살펴겠다고 여러 번 약속했다. 그리고 그건 단지 그녀에게만 기쁜 소식이 아니었다. 존 경 역시 좋아했는데, 혼자 지내는 것을 대단히 꺼리는 그에게 런던에 머무는 사람이 둘이나 늘었다는 것은 의미 있는 일이었다. 레이디 미들턴조차 일부러 기뻐하는 티를 내는 수고를 마다하지 않았으니, 이는 그녀에게 꽤 예외적인 행동이었다.

― 《이성과 감성》

1월 8일

비록 오스틴의 편지가 많이 남아 있지는 않지만, 우리는 운 좋게도 이날 그녀가 쓴 편지를 한 통도 아닌 세 통이나 읽을 수 있다. 제인 오스틴이 언니인 커샌드라*에게 보낸 두 통의 편지와 조카인 캐시**에게 보낸 장난스러운 편지 한 통이다.

언니는 내가 애시 콥스 숲에서 헐버트 부인의 하인에게 혹시나 살해당한 건 아닌지 걱정하는 낌새조차 없으니, 내가 죽었는지 살았는지 말해 주기도 싫네.
— **커샌드라 오스틴에게 보내는 편지, 1799년 1월 8일**

존 라이퍼드 부인은 과부 생활이 마음에 쏙 들었는지 다시 과부가 되려는 거 같아. 글로스터의 은행가인 펜달 씨와 결혼할 예정인데, 재산은 많지만 부인보다 나이가 훨씬 더 많대.
— **커샌드라 오스틴에게 보내는 편지, 1801년 1월 8일**

사랑하는 캐시에게***

　새해 복 많이 받아. 사촌들 여섯 명이 어제 여기에 왔고, 케

이크를 하나씩 먹었어.—오늘은 귀여운 캐시의 생일이니 이제 세 살이 됐네. 〔……〕

너를 사랑하는 이모,

제인 오스틴

— **커샌드라 에스턴 오스틴에게 보내는 편지, 1817년 1월 8일**

* 오스틴 집안 자녀 중 일곱째였던 제인은 다섯째였던 커샌드라와 가장 친했다. 커샌드라는 평생 독신으로 살았다.
** 커샌드라 에스턴 오스틴. 제인 오스틴의 유일한 남동생이자 해군 장교였던 찰스 존 오스틴의 딸이다.
*** 원문은 'Ym raed Yssac'이다. 글자의 순서를 바꾸면 Cassy dear my가 된다. 제인 오스틴은 재미로 어린 조카에게 마치 암호를 보내는 것처럼 이 편지의 모든 글자를 거꾸로 써서 보냈다.

1월 9일

오스틴의 많은 편지가 파기되었지만, 1796년 이날 언니에게 보낸 편지가 남아 있다는 사실은 특히 흥미롭다. '아일랜드 출신의 친구'인 톰 르프로이와의 가벼운 연애 감정을 드러내고 있기 때문이다. 사실 오스틴의 전기 작가인 클레어 토말린은 이 편지가 '순전히 실수로 살아남았을 것'이라고 한다.

내가 지금 언니에게서 받은 다정한 긴 편지에서 언니가 나를 너무 많이 혼내니까 내가 그 아일랜드 친구와 어떻게 행동했는지 말하기가 좀 두려울 지경이네. 그와 춤추고 같이 앉아 있었는데 언니가 상상할 수 있는 제일 방탕하고 충격적인 행동을 전부 상상해 봐. 하지만 내가 솔직하게 굴 수 있는 기회는 단 한 번 남았어. 그는 다음 주 금요일에 이곳을 떠나거든. 그날 우리는 애쉬에서 결국 춤을 추기로 했어. 내가 장담하는데, 그는 매우 신사다운 미남에 쾌활한 남자야. (……) 단점이 딱 하나 있긴 해. 시간이 지나면 완전히 없어질 거라 확신하지만.—그가 아침에 입는 코트 색이 너무 밝다는 거야.

— **커샌드라 오스틴에게 보내는 편지, 1796년 1월 9일**

⚜

1월 10일

하지만 〔캐서린은〕 열다섯부터 열여섯 살까지, 여주인공이 되기 위한 훈련을 해 왔다. 기억해 둘 만한 인용문을 얻기 위해 여주인공이라면 반드시 읽어야 할 책이란 책은 모조리 읽었는데, 이런 인용문은 다사다난한 삶을 사는 동안 우여곡절을 겪을 때 매우 유용하면서도 큰 위로를 주는 것이었다.

── 《노생거 사원》

⚜

1월 11일

보고 싶은 누나에게,

  영국에서 가장 잘나간다는 요부를 집에 들이게 된다니, 누나와 매형에게 축하 인사를 드립니다.

── **레지널드 드 쿠르시가 버넌 부인에게, 《레이디 수전》**

⚜
1월 12일

춤을 전혀 추지 않는 것도 가능은 해. 젊은이들이 그 어떤 무도회에도 참석하지 않은 채 여러 달을 보내면서도 몸이나 마음에 어떤 상처도 입지 않은 사례가 있어. 하지만 일단 춤을 추기 시작해 발을 놀리는 즐거움을 살짝이라도 한 번 경험했는데 더 원하지 않는다면 대단히 무딘 사람일걸.

— 《에마》

⚜
1월 13일

이토록 마음이 잘 통하고 취향이 닮았으며, 감정이 하나로 이어지고 서로의 얼굴을 그토록 사랑했던 두 사람이 있었을까. 하지만 이제 그 둘은 서로에게 낯선 사람이 되었다. 아니, 낯선 사람보다 더했다. 다시는 서로를 알아 갈 수 없는 사이였으니까. 그것은 영원한 생경함이었다.

— 《설득》

1월 14일

언니에게 보내는 이 편지에서 제인 오스틴은 다음 날 밤 참석할 예정인 무도회를 얘기하면서 매력적인 톰 르프로이(1월 9일 참조)를 다시 언급한다.

정말이지 초조한 마음으로 기대하고 있어. 그날 저녁에 내 친구한테서 청혼을 받을 것 같아. 하지만 그가 그의 흰 코트를 포기하겠다고 약속하지 않으면 거절해야겠지.

— **커샌드라 오스틴에게 보내는 편지, 1796년 1월 14일**

1월 15일

[에드먼드는] 러시워스 씨와 함께 있으면, 종종 이런 혼잣말이 튀어나왔다. '이 녀석에게 연간 1만 2,000파운드의 수입만 없었다면, 그저 별 볼일 없는 멍청이였을 텐데.'

— **《맨스필드 파크》**

⚜

1월 16일

"나는 덮어놓고 아무나 그냥 도와주는 여자가 아니에요. 손가락 하나 까딱하기 전에 내가 뭘 하는 건지, 누구를 상대해야 하는 건지 언제나 신경 써서 확인하죠. 나는 이제껏 살면서 속아 본 적이 없어요. 두 번이나 결혼했던 여자가 이런 말을 할 수 있다는 건 대단한 거랍니다."

─ 레이디 데넘, 《샌디턴》

⚜

1월 17일

〔콜린스 씨의〕 타고난 우둔함 때문에 그의 구애에는 여자가 조금이라도 오래 이어지길 바랄 만한 매력이 전혀 깃들지 않았다. 그리고 루카스 양은 사심 없이 순수하게 가정을 세우고 싶다는 마음만으로 그를 받아들였기에, 얼마나 빨리 결혼하게 되는지는 관심을 두지 않았다.

─ 《오만과 편견》

1월 18일

프랭크 처칠을 매우 좋게 생각하던 에마의 평가는 다음 날 그가 단지 머리를 자르러 런던으로 갔다는 소식을 듣고 약간 흔들리게 되었다. 아침을 먹다가 갑자기 무슨 생각이 들었는지 머리를 자르는 것보다 더 중요한 일은 없다는 듯, 마차를 불러 떠났다가 정찬 시간에 돌아온다는 것이다. 겨우 그런 일로 16마일을 두 번이나 오간다고 해도 그리 잘못될 건 없었지만, 에마는 그가 너무 겉멋을 부리는 것 같고 비합리적이라는 느낌이 들어 이해할 수가 없었다.

── 《에마》

1월 19일

제인이 네더필드에서 열릴 정찬에 초대장을 받았다는 사실에 베넷 부인이 보인 기민한 반응은 그녀가 얼마나 빈틈없는 책략가인지 여실히 보여준다.

"마차를 타고 갈 수 있을까요?" 제인이 물었다.
 "아니다, 애야. 말을 타고 가는 게 낫지. 비가 올 것 같은데, 그러면 거기에 밤새 있어야 할 것 아니니."

―― 《오만과 편견》

⚜

1월 20일

그리운 알리시아, 런던을 떠나기 직전에 네 편지를 받았고, 존슨 씨가 전날 저녁 그 약속을 전혀 눈치채지 못했다는 걸 알게 되어 기뻤단다. 그를 완전히 속이는 게 훨씬 낫지. 고집불통이니, 속여야만 해.

— **레이디 수전이 존슨 부인에게, 《레이디 수전》**

⚜

1월 21일

커샌드라가 갖고 있던 메모에 따르면, 제인은 1814년 이 날짜에 《에마》를 쓰기 시작해 이렇게 멋진 도입부를 썼다.

아름답고 영리하며 명랑한 성격에 유복한 집에서 자란 에마 우드하우스는 세상의 복이란 복은 다 가진 것 같았다. 딱히 힘들거나 괴로운 일을 겪지 않으면서 거의 이십일 년을 살아왔다.

— 《에마》

⚜

1월 22일

"파머 씨가 아주 반가워하겠어요." 파머 부인이 말했다. "어머니와 함께 온다는 소식을 들었을 때 뭐라고 했는지 아세요? 지금은 기억이 안 나는데, 좀 우스운 말이었는데!"

── 《이성과 감성》

파머 씨가 얼마나 엉뚱하게 우스운 대화 상대가 될 수 있는지에 대한 예시는 내일 인용문을 확인해 보자.

⚜

1월 23일

[파머 씨가] 말했다. "둘 다 데번셔에 있는 줄 알았는데."
 "그러셨어요?" 엘리너가 답했다.
 "언제 다시 돌아가나요?"
 "모르겠어요." 그렇게 둘의 대화는 끝났다.

── 《이성과 감성》

1월 24일

거창하고 낭만적인 이야기 전개에도 불구하고 제인 오스틴의 작품이 이토록 사랑받는 이유 중 하나는 각 장면에서 찰나의 순간을 면도날처럼 날카롭게 포착해 내기 때문이다. 즉, 인물들 간의 사소한 대화를 면밀히 관찰하고 신랄하게 풍자한다. 제인 오스틴이 1813년 이날 언니에게 쓴 편지에서 우리는 오스틴 양이 저녁 식사 손님으로 초대되었을 때, 얼마나 매서운 눈을 가진 사람이었을지 짐작할 수 있다.

내가 보기엔 P 씨와 P T 양 사이에는 아무런 조짐도 보이지 않았어.―처음에는 그녀가 그의 옆에 앉았지만 벤 양이 그녀에게 더 위쪽으로 자리를 옮기라고 했어.―그녀의 접시가 비어 있어서 그에게 양고기를 달라고 요구하기까지 했는데, 한동안 받지도 못했으니까.―물론 그의 입장에서는 그런 행동에 어떤 의도가 숨겨져 있을지도 몰라.―어쩌면 배가 텅 비어 있는 게 사랑에 가장 유리한 조건이라고 생각했을지도 모르지.

━ **커샌드라 오스틴에게 보내는 편지, 1813년 1월 24일**

1월 25일

번스 나이트*에 (아마도 해기스**, 삶은 순무와 감자 요리를 즐기며) 샬롯 헤이우드가 잘난 체하는 에드워드 경과 다소 혼란스러운 대화를 나누는 중에 그의 작품에 관한 생각을 알아보자.

"[……] 하지만 로버트 번스는 훨훨 타는 불 같아요. 그의 영혼은 사랑스러운 여인이 모셔진 소중한 제단이요, 그의 정신은 그 여인이 응당 받아야 할 영원한 향불 냄새를 풍기죠."

"저도 번스의 시를 여러 편 정말 즐겁게 읽었답니다." 말할 기회가 생기자마자 샬롯이 끼어들었다. "하지만 저는 한 남자의 시를 그의 성품과 완전히 별개로 생각할 만큼 낭만적이지 않아요. 안타깝게도 번스의 유명한 일탈 행위는 시를 감상하는 데 큰 방해가 되죠. 연인으로서 그의 감정이 사실이라고 믿기 어려워요. 그가 그리고 있는 애정 표현이 진심이라는 생각은 안 들죠. 그는 감정을 느꼈고, 시를 썼고, 그냥 잊은 거예요."

"아! 아니, 아니에요." 에드워드 경이 열광적으로 외쳤다. "번스는 완벽히 열정적이고 진실한 사람입니다. 천재성과 감수성이 뛰어나다 보니 탈선행위를 좀 하긴 했지만, 완벽한 사람이 누가 있습니까? 〔……〕 어떤 여성도 무한한 열정을 가진 남자가 통제할 수 없는 충동으로 말하거나 쓰거나 행동한 것을 공정하게 판단할 수 없습니다."

그럴듯한 답변이긴 했지만, 샬롯이 그 말을 조금이라도 이해한 게 맞다면 별로 도덕적이진 않았다. 〔……〕 〔그래서〕 샬롯은 진지하게 대답했다. "제가 그 문제에 대해 뭘 알겠어요. 오늘은 날씨가 참 좋네요. 남풍이 부나 봐요."

"정말이지, 행복한 바람이네요. 헤이우드 양의 마음을 사로잡다니!"

샬롯은 그가 정말 멍청한 사람이라는 생각이 들기 시작했다.

── 《샌디턴》

* Burns Night, 스코틀랜드 시인, 로버트 번스를 기리는 행사로 매년 1월 25일에 기념한다.
** haggis, 양의 내장으로 만드는 순대와 비슷한 스코틀랜드 음식.

⚜
1월 26일

"신사, 숙녀를 막론하고 훌륭한 소설을 즐기지 못하는 사람은 견디기 힘들 정도로 어리석은 사람임에 틀림없습니다."

── 헨리 틸니, 《노생거 사원》

⚜
1월 27일

존 경은 이렇게 열렬한 칭찬을 듣자 자신의 판단이 옳았다는 자신감이 솟구쳐, 곧장 코티지로 길을 나서 대시우드 자매에게 스틸 자매가 왔다고 알려 주고 그들이 세상에서 가장 매력적인 여성들이라고 호언장담했다. 하지만 이런 식의 칭찬으로는 제대로 알 수 있는 게 없었다. 엘리너는 세상에서 가장 매력적인 여성들은 체형과 얼굴, 성품과 이해력이 그야말로 가지각색으로 영국 전역에서 얼마든지 만나게 된다는 걸 알고 있었다.

── 《이성과 감성》

1월 28일

《오만과 편견》은 1813년 이 날짜에 출간되어 모두가 가장 좋아하는, 매력적이지만 과묵한 남자 주인공을 이 세상에 공개했다.

다아시는 큰 키에 잘생긴 얼굴, 늠름한 풍채와 신수가 훤해 보이는 외모로 방 안에 있던 사람들의 시선을 단숨에 끌었다. 그리고 그가 방에 들어오고 5분도 채 지나기 전에 일 년에 1만 파운드의 수입을 번다는 말이 구석구석 퍼졌다. 〔……〕 저녁 시간이 절반 정도 지날 때까지는 사람들이 존경의 눈빛으로 그를 바라봤지만, 그의 매너를 보고 넌더리를 내면서 어느새 인기는 사그라들었다. 그는 건방졌고 주변 사람들을 깔봤으며 쉽게 만족하지 않는 사람이었기 때문이다. 더비셔에 큰 영지를 소유하고 있다는 장점도, 그의 너무나도 불쾌하고 언짢아하는 표정 때문에 아무런 소용이 없었다. 〔……〕 그는 이 세상에서 가장 교만하고 가장 불쾌한 사람이었으며, 모든 사람이 다시는 그가 이곳에 오지 않기를 바랐다.

── **《오만과 편견》**

1월 29일

1813년 이날 언니에게 보낸 편지에 제인 오스틴은 익명으로 출판된 《오만과 편견》의 첫 번째 인쇄본을 받아든 기쁨을 적었다. 오스틴은 끝까지 저자로서 신분을 비밀로 유지하고 싶어 했지만, 아무것도 모르는 저녁 식사 손님에게 책을 크게 소리 내어 읽어 주고 싶은 마음을 주체할 수 없었다.

런던에서 소중한 나의 아기가 도착했다는 소식을 전해 주고 싶어.—수요일에 폴크너가 보낸 인쇄본을 받았어. 〔……〕 책이 도착한 날, 마침 벤 양이 와서 함께 식사했는데 저녁 시간에 본격적으로 읽기 시작해서 1권의 반을 읽어 줬어.—헨리 오빠*에게 이 책이 나올 거라는 소식을 들었고 출간되면 보내 달라고 부탁했다는 식으로 서두를 뗐지.—그리고 내가 보기에 벤 양은 눈치채지 못한 거 같아.—그녀는 즐거워했어. 가엾게도!

— **커샌드라 오스틴에게 보내는 편지, 1813년 1월 29일**

* 헨리 토마스 오스틴, 오스틴 집안은 모두 팔 남매였는데 그중 넷째로 문학 활동에 가장 관심이 많고 적극적으로 도와준 사람이다.

1월 30일

그들은 거기서 한때 모든 것을 보장해 줄 것 같았던 감정과 약속의 말들을 다시 나누었다. 하지만 이후로는 헤어짐과 소원이라는 길고 긴 시간을 보냈다. 그들은 다시 과거로 돌아갔고, 처음 사귀었을 때보다 어쩌면 더 격렬히 행복해하며 재회했다. 서로를 더 다정히 대했고, 더 많은 시련을 함께 겪었으며 서로의 성격과 진심, 애정에 대해 더 깊이 알게 되었다. 이제는 더 평등한 입장에서 행동할 수 있었고, 그렇게 행동하는 게 더욱 정당하게 여겨졌다.

── 《설득》

1월 31일

약혼한 여성은 약혼하지 않은 여성보다 언제나 더 상냥하기 마련이죠. 자기 자신이 만족스러우니까. 마음 졸일 일도 없고, 다른 사람에게 얼마든지 다정하게 대한다 해도 아무런 의심도 받지 않고요. 약혼한 여성은 뭘 해도 안심이죠. 난처할 일도 없고요.

―《맨스필드 파크》

2월
FEBRUARY

'궂은 날씨의 2월'(《맨스필드 파크》)은 축제 분위기와 싱그러운 봄이 아직 먼 것처럼 느껴져 우울하고 지루한 달일 수 있다. 《에마》의 웨스턴 씨는 "비만 잔뜩 와서 눅눅하고 생기라고는 없는 날씨. 2월이 늘 그렇지 뭐"라고 혼잣말을 하기도 한다. 할 수만 있다면 이번 달은 《노생거 사원》의 샬롯 몰런드처럼 바스로 여행을 가서 즐겁게 지내는 건 어떨까. 그렇게 할 수 없는 상황이라면 따뜻한 방에서 카드 게임을 하며 친구들과 즐겁게 수다를 떠는 것도 그만큼 즐거울 것이다.

부정기 축제일

설날(Lunar New Year)

설날은 1월 21일에서 2월 20일 사이에 초승달이 뜨면 시작된다. 집을 정돈하고 조상을 기리고 가족과 시간을 보내면서 복을 기원하는 시기다. 이를 기념하기 위해 일부 지역에서는 빨간색 봉투에 현금을 넣어 선물로 주고받기도 한다. 제인 오스틴의 작품에서 빨간 봉투는 나오지 않지만, 그녀의 초기 작품 중 《에벌린》에는 손이 대단히 큰 웹 부부가 등장한다. 그들은 손님인 가워 씨에게 먼저 웹 부인의 지갑을 선물로 주고, 다음에는 100파운드를, 그리고 자기 집과 땅을, 마침내는 그들의 딸까지 내어 준다.

2월 1일

제인 오스틴이 처음으로 출간한 소설인 《이성과 감성》의 주인공인 대시우드 자매를 만나 보는 것으로 2월을 시작하자.

이토록 큰 도움이 된 충고를 건넨 이는 장녀인 엘리너로, 명징한 사리 분별력과 이성적인 판단력을 갖췄고 열아홉의 어린 나이지만 어머니의 상담가 역할을 했다. [……] 엘리너는 심성이 바르고 성품이 다정하며 풍성한 감정을 지녔지만 이를 다스릴 줄 알았다. 이는 어머니도 아직 깨치지 못했고, 동생 중 하나는 결코 배울 수 없는 지성이었다.

— 《이성과 감성》

2월 2일

[메리앤은] 〔……〕 현명하고 영리했지만, 무엇에든 지나치게 열정적이어서 슬픔과 기쁨을 적당히 느낄 줄 몰랐다. 메리앤은 너그럽고 친절하며 유쾌한 사람으로 신중함만 빼고는 모든 걸 갖췄다. 〔……〕 엘리너는 여동생의 과한 감성을 걱정했지만, 어머니인 대시우드 부인은 이를 소중하고 귀하다고 여겼다.

── **《이성과 감성》**

2월 3일

세 자매 중 막내인 마거릿은 소설에 거의 등장하지 않으며 중요 인물로는 보이지 않는다.

막내 여동생인 마거릿은 쾌활하고 마음씨가 고왔지만, 자의식을 확립하기도 전에 벌써 메리앤의 낭만적인 면에 지대한 영향을 받았고, 아직 열세 살이라 나이가 훨씬 많은 언니들과 비교할 수는 없었다.

— 《이성과 감성》

2월 4일

1813년 이날, 오스틴은 언니인 커샌드라에게 출간된 지 약 일주일 정도 된 《오만과 편견》에 대해 편지에 썼다.

하지만 전체적으로 보면, 꽤 뿌듯하고 대단히 만족스러워.—책이 좀 가볍고 밝고 반짝거리긴 하지만.—좀 어두운 면이 있길 바랐는데.—책 군데군데 장을 좀 길게 쓸걸.—가능하다면 의미 있는 내용으로, 그게 아니라면 진지하고 그럴듯한 허튼소리라도 좋으니까.—이야기와 관련 없는 거라도 괜찮아. 글쓰기에 관한 에세이, 월터 스콧에 대한 비평, 혹은 보나파르트의 역사—뭐든 대비를 형성해 독자가 전체 문장의 유쾌하고 경구적인 표현을 더 즐길 수 있었을 텐데.

— 커샌드라 오스틴에게 보내는 편지, 1813년 2월 4일 목요일

나는 대부분의 오스틴 팬들은 이 의견에 정중히 반대 의견을 낼 것이고, 작품은 정말 있는 그대로 훌륭하다고 말할 거라 생각한다.

2월 5일

"재산 많은 미혼 남성이라, 연 수입이 4,000에서 5,000파운드라니. 우리 딸들에게 얼마나 좋은 일이에요!"

"어째서 그렇소? 그게 우리 딸 아이들과 무슨 상관이 있단 말이오?"

"아유, 여보, 베넷 씨," 아내가 대답했다. "어쩜 사람이 그렇게 답답해요! 내가 지금 그 남자가 우리 딸 중 하나와 결혼할 걸 생각하는 거잖아요."

── 《오만과 편견》

⚜

2월 6일

제인 오스틴이 창조해 낸 또 다른 여주인공을 만날 차례다. 쾌활한 (다소 흠이 있다는 건 인정하지만) 에마 우드하우스다.

에마의 진짜 문제점은 자신만의 방식을 고집한다는 것과 자신을 너무 좋게만 생각하는 경향이 있다는 것이다. 이는 그녀가 경험할 수 있는 많은 행복한 순간들을 망칠 수 있는 단점이었다. 하지만 지금으로서는 그 단점을 잘 인지하지 못하고 있어, 실제로 문제가 될 것 같진 않았다.

— 《에마》

⚜

2월 7일

캐서린 몰런드는 분명 제인 오스틴의 여주인공 중 가장 재미있는 인물일 것이다. 그녀가 사는 세계는 그 당시 고딕 소설을 날카롭게 풍자하는 세상이니까. 오스틴의 재미있고 통통 튀는 말투가 《노생거 사원》의 페이지를 뚫고 나올 정도라 독자는 그녀가 신나 하는 모습이 눈앞에 보이는 것 같다.

아기 때의 캐서린 몰런드를 본 사람이라면 그 누구도 여주인공이 될 만한 인물은 아니라고 생각했을 것이다. 삶의 형편도 그렇고, 아버지와 어머니의 성격, 그녀 자신의 특성도 모두 여주인공과는 거리가 멀었다. 국교회 신부인 아버지는 이름은 리처드*였지만 외모가 훌륭하지는 않았고, 게으르지도 가난하지도 않았으며 두루두루 존경받는 편이었다. 직분과 그에 딸려오는 영지 외에도 경제적으로 매우 안정적이었지만, 딸들을 가둬 두고** 단속하는 데는 전혀 관심이 없었다. 어머니는 성격 좋고 합리적인 사람이었는데, 놀라운 점은 타고난 체질이었다. 캐서린을 낳기 전 아들 셋을 내리 낳았기에, 사람들은 그녀가 캐서린을 낳다가 죽을 거로 예상했지만 이후로도 건강하기만 했다.

── 《노생거 사원》

* 제인 오스틴이 리처드라는 이름을 두고 농담을 한 이유에 대한 몇 가지 견해가 있다. 리처드라는 이름은 역사적으로 부정적인 평판으로 유명했던 리처드 3세와 연결된다고 보는 견해, 가족끼리 하던 농담이라는 견해, 다소 불쾌했던 출판업자의 이름을 넣었다는 견해 등이다.
** 《노생거 사원》은 고딕 장르를 풍자적으로 재해석한 작품으로 이를 소설의 주요 소재로 사용했다. 고딕 소설에서 자주 등장하는 거만하고 통제적인 아버지상을 미묘하게 풍자한 것이다.

2월 8일

월터 엘리엇 경의 성품은 허영심이란 한 단어로 충분했다. 외모와 지위에 대한 허영심 말이다. 그는 젊었을 때 물론 대단한 미남이었지만 쉰넷인 지금도 여전히 잘생긴 남자였다. 여성이라도 그보다 더 외모에 신경을 쓰는 사람은 드물었다. 막 작위를 부여받은 하인일지라도 월터 경만큼 자신의 사회적 지위를 기뻐하진 않았을 것이다. 그는 자신의 아름다움을 큰 축복으로 여겼으며 그보다 더한 축복은 오직 남작 작위뿐이라 여겼다. 이 두 가지 축복을 다 가진 월터 엘리엇 경은 다름 아닌 그 자신이 열렬한 존경과 애착의 한결같은 대상이었다.

— 《설득》

2월 9일

다음 글에서 보이는 이런 불균형은 제인 오스틴 소설에 나오는 인물들에게는 괴로운 일이지만, 독자들에게는 분명 다양하고 흥미로운 상황을 연출해 낸다.

하지만 맺어질 만한 예쁜 여성은 많아도, 세상에 재산이 많은 남자는 분명 그보다 적다.

―《맨스필드 파크》

2월 10일

베넷 씨는 빠른 두뇌 회전과 비꼬는 식의 유머 감각, 과묵함, 변덕 같은 특징이 뒤섞인 특이한 사람이라 아내가 그의 성격을 이해하기까지는 23년이라는 결혼 생활도 충분치 않았다. 아내의 지성은 좀 덜 발달한 편이었다. 이해력이 좋지 않았고 아는 게 많지 않았으며 불안한 기질의 여성이었다. 무언가 불만족스러우면 자신이 신경쇠약에 걸렸다고 여겼다. 인생의 목적은 딸들을 시집보내는 것이었고, 그녀에게 위안은 이웃을 방문하는 것과 새로운 소식을 듣는 거였다.

— 《오만과 편견》

2월 11일

"어쨌거나 비위를 맞춰야 할 사람이 둘인 것보다는 하나가 낫겠죠."〔나이틀리가 말했다.〕

"특히 그 둘 중 하나가 변덕스럽고 까탈스러운 인물이라면요!" 에마가 장난스럽게 말을 이어갔다. "그렇게 생각하시는 줄 알았어요. 아버지가 옆에 안 계셨다면 분명 그렇게 말씀하셨을 텐데요."

"정말이지, 사실 그렇단다." 우드하우스 씨가 한숨을 쉬었다. "내가 좀 변덕스럽고 까탈스럽게 굴 때가 있지."

"어머, 아버지! 아버지를 두고 한 말이 아닌 거 아시죠. 나이틀리 씨도 아버지를 말한 게 아니에요. 어떻게 그런 생각을! 아니에요! 저를 두고 한 말이에요."

── 《에마》

2월 12일

이번 달에 제인 오스틴의 여주인공들을 여럿 만났다. 이제는 온갖 추문과 어이가 없을 정도의 이기심으로 오스틴의 서간체 소설을 꽉 채우는 레이디 수전과 처음으로 대면할 때가 됐다.

하지만 과부가 된 지 이제 겨우 넉 달밖에 안 됐다는 걸 되뇌면서 최대한 조신하고 조용히 지내자고 다짐했어.—그리고 그렇게 해 왔지. 사랑하는 친구야. 나는 맨워링의 관심을 제외하고는 그 누구의 관심도 받아들이지 않았고, 그 모든 구애를 다 피해 왔어. 맨워링 양에게서 제임스 마틴 경을 떼어 놓기 위해 그에게 약간의 관심을 준 걸 제외하고는 이곳의 그 모든 사교 모임에서 그 누구에게도 눈길조차 주지 않았어. 하지만 만약 세상 사람들이 내가 그렇게 행동해 온 이유를 안다면 나를 칭찬할 거야.

— **레이디 수전이 존슨 부인에게, 《레이디 수전》**

2월 13일

2월은 날씨가 변화무쌍한 달이다. 어쩌면 오늘 날씨를 보면 《노생거 사원》의 캐서린의 마음에 공감할 수도 있을 것이다.

[캐서린은] 이 시기에는 이른 아침에 맑더라도 나중에 비가 오겠다고 생각할 법하지만, 오늘은 시간이 지나면서 구름이 나오는 걸 보니 오히려 날이 좋아지지 않을까 기대했다. 캐서린은 앨런 씨가 이 의견에 공감해 주길 바랐으나, 아무리 그라도 자신만의 하늘이 있고 기압계가 있는 건 아니었으므로 확실히 해가 날 거라고 장담할 수 없다고 답했다. 이번에는 앨런 부인에게 물어보았더니 더 확신에 찬 답변을 내놓았다. "분명 화창한 하루가 될 테니 두고 보렴. 구름이 사라지고 태양만 계속 비춰 준다면 말이다."

— 《노생거 사원》

2월 14일

밸런타인데이(Valentine's Day)

오스틴의 작품 중 가장 잘 알려진 사랑 고백으로 이 로맨틱한 날을 기념하는 것 이상으로 더 나은 방법이 있을까?

"아무리 애를 써도 소용이 없더군요. 제 감정을 더는 억누르지 않겠어요. 내가 당신을 얼마나 열렬히 흠모하고 사랑하는지 고백해야겠습니다."

— **다아시가 엘리자베스 베넷에게, 《오만과 편견》**

2월 15일

이번 달에는 여주인공들을 많이 만났으니 균형을 맞추기 위해 이제 악당도 만나 보자. 거만하고 자기 과시적인 《노생거 사원》의 소프 씨는 이 장면에서 캐서린에게 놀랄 정도로 활기찬 2월 여행이 될 거라 약속했지만, 다소 싱거운 나들이로 끝나게 된다.

"몰런드 양, 겁먹지 마세요." 소프가 그녀의 손을 잡아주며 말했다. "출발할 때 말이 좀 날뛸 수 있어요. 아마도 분명히 한두 번 크게 뛸 수도 있겠지만 [⋯⋯] 곧 주인이 누군지 알게 될 겁니다."
[⋯⋯]
캐서린은 그의 설명이 전혀 마음에 들진 않았지만 물러서기에는 이미 늦었고, 겁을 먹기에는 너무 젊었다[⋯⋯].
　말들은 사람을 떨어뜨리거나 날뛰거나 하지 않고 상상할 수 있는 가장 차분한 태도로 [출발해] 나아갔고, [⋯ 그리고 캐서린은] 2월의 화창한 날에 느낄 수 있는 가장 상쾌한 바람을 마음껏 즐기며 신나게 운동하는 데 푹 빠졌다.

── 《노생거 사원》

2월 16일

"경," 헤이우드 씨가 활짝 웃으며 말했다. "전국에서 발간된 일주일 치 신문을 모두 보여 준다 해도 윌링던에 의사가 있다는 말은 믿지 못할 겁니다. 저는 여기서 태어나서 소년 시절부터 57년이라는 세월을 살아 왔는데, 그런 사람이 있다면 제가 분명 알고 있겠죠. 설령 있다 해도 그 사람은 일이 영 시원치 않을 거라 감히 말씀드릴 수 있겠습니다. 물론, 신사들이 마차를 타고 이 길로 자주 다닌다면, 의사로서는 이 언덕 꼭대기에 집을 마련하는 것도 나쁜 생각은 아니겠네요."

── 《샌디턴》

2월 17일

우울하고 지루할 수 있는 2월 중순의 분위기를 좀 밝게 하기 위해, 제인 오스틴이 초기에 썼던 글인《쥬베닐리아》에서 발췌한 글을 읽어 보자.

[할리 씨는] [항해를 마치고] 돌아온 지 반년 만에, 에마가 사는 호그스워스 그린을 향해 역마차를 탔다. 그와 동행했던 여행객들은 모자를 쓰지 않은 남자, 모자를 두 개나 쓴 남자, 노처녀와 젊은 아내였다.

젊은 아내는 열일곱 정도 되어 보였고 맑고 짙은 눈동자에 우아한 체형이었다. 이내 할리 씨는 곧 그녀가 자신의 아내, 에마라는 걸 알아차렸고, 영국을 떠나기 몇 주 전에 그녀와 결혼했었다는 사실을 떠올렸다.

— 〈할리 씨의 모험〉,《쥬베닐리아》

⚜

2월 18일

〔여행은〕 적당히 차분히, 큰 사건 없이 무사히 진행되었다. 강도나 폭풍을 만나지도 않았고 마차가 전복되어 영웅이 등장할 일도 없었다. 한번은 앨런 부인이 여관에 나무 신발을 두고 왔다며 걱정했는데 그보다 더 놀랄 일은 일어나지 않았고, 그마저도 다행히 사실무근으로 밝혀졌다.

— 《노생거 사원》

⚜

2월 19일

나이틀리 씨는 〔……〕 사실 에마 우드하우스의 단점을 꿰뚫어 보는 몇 안 되는 사람 중 하나였고, 그 사실을 있는 그대로 말하는 유일한 사람이었다. 이 점이 딱히 호의적으로 느껴지진 않았지만, 아버지는 이런 단점에 에마 자신보다 더 동의하지 않을 거라는 걸 알고 있었기 때문에, 모든 사람이 에마가 완벽하다고 생각하진 않는다는 사실을 눈치채지 않기를 바랐다.

— 《에마》

2월 20일

제인 오스틴 소설 중 가장 사랑받는 (그리고 미움받는) 조연 인물인 교묘하고 자기중심적인 (하지만 재미있는) 노리스 부인을 만나 보자.

토마스 경은 선택된 아이의 진실하고 지속적인 후견자가 되기로 단단히 다짐했고, 노리스 부인은 자기 주머니에서는 동전 한 푼 나가게 하지 않을 작정이었다. 산책하고 대화하고 일을 꾸밀 때는 한없이 너그러웠고, 자선을 베풀라고 다른 사람을 설득하는 일을 그녀보다 잘하는 이는 없었다. 하지만 노리스 부인은 돈을 좋아하는 만큼 다른 사람을 조종하길 좋아했고, 친구들이 돈을 쓰게 하는 법만큼이나 자기 돈을 아끼는 법을 모조리 꿰고 있었다.

— 《맨스필드 파크》

⚜

2월 21일

제인 오스틴은 여러 장에 걸쳐 감질나게 두 남녀가 맺어질까 아닐까 하는 식의 밀당의 기술을 나중에는 완벽히 마스터했지만, 초기작에서는 청혼하기까지 다소 빠르게 전개하는 걸 볼 수 있다.

그들이 앉자마자 [……] 갑자기 문이 열리더니, 해쓱한 얼굴에 낡은 분홍색 코트를 입은 늙은 신사가 반쯤은 의도적이고 반쯤은 기력이 없어서 사랑스러운 샬롯의 발치에 무릎을 꿇더니, 사랑을 고백하고 가장 감동적인 태도로 그녀의 연민을 간청했다.

그 누구도 불행하게 만들 수 없었던 그녀는 그의 아내가 되기로 했고, 신사가 방을 나가자 사방이 고요해졌다.

— 〈프레더릭과 엘프리다〉, 《쥬베닐리아》

안타깝게도 불쌍한 샬롯은 같은 날 저녁, 경솔하게 두 번의 청혼을 모두 승낙했고 그 상황을 벗어나기 위해 깊은 개울에 몸을 던져 스스로 생을 마감했다.

⚜

2월 22일

파커 씨의 성격과 이력이 곧 밝혀졌다. 그는 대단히 솔직한 사람이었기에 자신에 대해 기꺼이 모든 걸 말해 주었다. 자신이 잘 모르는 부분에 대해서도 술술 이야기보따리를 풀었는데 관찰력 좋은 헤이우드 가족은 이 점을 눈치챌 수 있었다.

— 《샌디턴》

2월 23일

우리는 2월 10일에 《오만과 편견》의 베넷 부부의 특성을 살짝 엿볼 수 있었다. 이 부부가 툭탁거리며 나누는 대화는 독자에게 늘 웃음을 자아낸다. 베넷 씨가 아내를 슬그머니 놀리면, 베넷 부인 특유의 참견하기 좋아하고 전전긍긍하는 특징이 더 잘 드러난다.

"그 애들은 그다지 내세울 만한 게 딱히 없어요." 〔베넷 씨가〕 답했다. "전부 아둔하고 무지한 아이들이지만, 엘리자베스는 다른 애들보다 더 재기 넘치고 이해력이 좋잖소."

"아니, 어떻게 자기 자식을 그런 식으로 깎아내릴 수 있어요? 당신 지금 나를 화나게 하니까 재미있죠. 내 신경이 얼마나 예민한데, 그건 안중에도 없잖아요."

"여보, 그건 오해예요. 내가 당신의 신경을 얼마나 존중하는데. 아주 오랜 친구 같다니까. 당신이 신경과민에 대해 자근자근 얘기하는 걸 적어도 지난 20년 동안 들어왔는걸."

— 《오만과 편견》

2월 24일

2월을 시작하면서 대시우드 자매를 만났다. 그들의 서로를 향한 사랑과 응원은 《이성과 감성》 책의 전반적인 성격을 형성한다. 반면, 오스틴의 미완성작인 《왓슨 가족》에서는 조금 결이 다른 관계를 볼 수 있다. 다음은 엘리자베스 왓슨이 그녀의 막냇동생에게 교활한 자매인 퍼넬러피에 대해 경고하는 장면이다.

"넌 퍼넬러피가 어떤 앤지 몰라. 그 애는 결혼하기 위해서라면 물불을 가리지 않는 애야. 본인도 그렇게 말하고 다니니까. 그 애한테는 네 비밀을 절대 말하면 안 돼. 내 말 명심해. 절대 믿지 마. 걔한테는 좋은 점도 있지만, 본인의 이익을 위해서라면 신의도 없고 염치도 없고 양심의 가책도 없는 애란다. 난 그 애가 시집을 잘 가길 진심으로 바라. 정말 나보다 결혼을 잘하길 바랐어."

─ 엘리자베스 왓슨, 《왓슨 가족》

⚜
2월 25일

"힘든 일을 겪었다고 그 장소에 애정이 덜한 것은 아니죠. 내내 힘든 일만 있었던 게 아니라면요."

── 앤 엘리엇, 《설득》

⚜
2월 26일

사람들은 나보고 몰인정한 엄마라고들 하지만, 나를 움직인 것은 모성애의 충동이었고, 내 딸에게 이로우니까 그렇게 한 거야. 그 딸이 지구상에서 가장 멍청한 애만 아니었다면, 내가 받아야 할 노력의 대가를 받았을지도 몰라.

── **레이디 수전이 존슨 부인에게, 《레이디 수전》**

⚜
2월 27일

중년의 나이에 차분한 성격 그리고 재산도 충분한 레이디 러셀이 재혼을 생각하지 않는 건 당연했다. 사람들은 재혼하지 않은 여성보다 재혼한 여성을 훨씬 더 못마땅해 하는 경향이 있으니, 이해를 구할 필요도 없었다.

— 《설득》

⚜
2월 28일

대단히 건강한 샬럿은 수영을 즐기고, 그게 가능하다면 더 건강해지기 위해 [샌디턴으로] 떠나기로 되어 있었다.

— 《샌디턴》

2월 29일
윤일(Leap Day)

해마다 윤일이 있는 건 아니지만, 윤일이 있는 해에는 여성이 남성에게 청혼하는 게 전통이 되었다. 제인 오스틴의 시대에는 이런 급진적인 행동은 허용될 수 없었지만, 오스틴이 창조한 여주인공 에마 우드하우스는 그다음으로 재미있는 일, 즉 다른 사람들을 맺어 주는 일을 마음껏 즐겼다.

"테일러 양의 친구들은 그녀가 이렇게 행복하게 결혼한 것을 다들 기뻐했겠군요."

"특히 제가 더 기뻤던 이유를 잊으셨네요." 에마가 말했다. "굉장히 중요한 이유죠. 아시다시피, 제가 이 커플을 성사시켰잖아요. 제가 4년 전에 짝을 맞어 줬고 둘이 잘 되게 신경 쓰고 알맞은 환경을 만들어 줬죠. 많은 사람들이 웨스턴 씨는 절대 재혼하지 않을 거라고 했는데, 이렇게 잘 풀렸으니 그 사실이 큰 위로가 되네요."

나이틀리는 에마를 보고 고개를 절레절레 저었다. 아버지가 다정하게 말했다. "오! 애야, 이제는 중매 서는 일도, 이렇게 될 거라 하는 말도 하지 않았으면 좋겠구나. 네가 하는 말마다 다 이뤄지니 말이다. 그러니 이제는 더 누굴 맺어 주고 그러지 말렴."

"아버지, 제 짝을 찾겠다는 게 아니에요. 하지만 정말이지 다른 사람은 찾아 줘야 해요. 세상에서 제일 재미있는 일이라고요!"

── 《에마》

3월
MARCH

3월이 오면 끝없는 겨울의 음울함이 서서히 자리를 비키고 결국 봄이 올 거라 기대한다. 여전히 낮은 아직 짧고 날씨는 변화무쌍하지만, 때때로 패니 프라이스가 포츠머스를 방문했던 날과 같은 하루를 맞이할 수도 있다. "유난히 화창한 날이었다. 달력상으로는 분명 3월이었지만 부드러운 공기와 상쾌하고 잔잔한 바람, 빛나는 태양, 가끔 드리우는 구름을 보면 마치 4월 같았다."《맨스필드 파크》) 겨울잠에서 깨어날 준비를 시작하는 달이다. 이르게 핀 봄꽃을 찾아보며 앞으로 다가올 밝은 날들을 위한 계획을 세워 보자.

부정기 축제일

세계 책의 날(World Book Day)

세계 책의 날은 3월 첫째 주 목요일에 기념한다. 책을 좋아하는 마음을 축하하고 가장 좋아하는 등장인물로 분장하며 위대한 책의 세계를 마음껏 즐기는 날이다. 《노생거 사원》의 헨리 틸니는 이렇게 말한다. "평생 책을 읽을 수 있다면, 인생의 2~3년쯤을 [읽기를 배우느라] 힘들게 보내는 것도 충분히 가치가 있지요."

어머니날(Mother's Day)

영국에서 어머니 날은 사순절의 넷째 주 일요일에 기념한다. 그래서 대개 3월이나 4월에 해당한다(미국은 5월 둘째 주 일요일이다). 오스틴 소설에서 어머니들은 대개 이미 세상을 떠났거나 베넷 부인처럼 약간 아둔한 편이지만, 그래도 잘 살펴보면 친절하고 현명한 어머니 같은 인물도 존재한다. 대부분 독자에게 가장 대표적인 예는 분명 《오만과 편견》의 가드너 부인일 것이다. 그녀는 소설에서 가장 힘든 순간에 엘리자베스에게 솔직하고도 지혜로운 조언을 건넨다.

3월 1일

3월은 엘리자베스 베넷이 친구 샬롯(결혼 전 성은 루카스)과 그녀의 불쾌한 남편 콜린스를 만나러 헌스퍼드로 가는 여정부터 시작하자.

3월이 되자 엘리자베스는 헌스퍼드로 향했다. 〔……〕 막상 샬롯이 없으니 더 보고 싶어졌고, 콜린스를 다시 만나도 덜 거북할 것 같았다. 그리고 이번 여행을 하면서 새로 알게 된 점이 있었는데, 어머니는 물론 같이 있기 힘든 자매들과 함께 지내려니 집도 그리 편한 곳은 아니었기에 이런 작은 일상의 변화가 그저 반갑고 좋기만 했다.

— 《오만과 편견》

3월 2일

1814년 이 날짜에 언니에게 보낸 편지에서 《맨스필드 파크》의 원고를 읽던 오빠 헨리가 다른 독자들처럼 노리스 부인과 레이디 버트럼이라는 인물에 대단히 재미있어했다고 전한다.

우리는 벤틀리 그린에 도착하고 나서야 읽기 시작했어. 헨리 오빠가 지금까지 재미있다고 하니, 내가 바랐던 바지. 오빠는 다른 두 권의 소설과 매우 다르다고 말했지만, 이 책이 절대 뒤떨어지는 건 아니라고 생각하는 것 같아. 오빠는 막 R 부인과 결혼한 부분까지 읽었으니까 [러시워스 부인—마리아 버트럼의 결혼 후 이름] 가장 재미있는 부분을 벌써 읽어버린 거 같아 걱정돼. 레이디 B와 N 부인을 정말 좋게 받아들였고 등장인물 구성을 잘했다고 칭찬했어. 모든 인물을 이해하고 특히 패니를 좋아하네. 내가 보기에 오빠는 앞으로 어떻게 전개될지 예상하는 거 같아.

— **커샌드라 오스틴에게 보내는 편지,**
1814년 3월 2일 수요일~3월 3일 목요일

3월 3일

교실이나 회의실에서 의견을 발표하라고 할 때든 혹은 저녁 식사나 데이트 중 깊은 인상을 심어 주기 위해 의미심장한 말을 하고 싶을 때든, 우리는 곤란한 처지에 놓인 메리 베넷에게 공감할 수 있다.

"메리, 너는 어떻게 생각하니? 내가 보면 너는 생각이 깊은 숙녀고 책도 많이 읽는 데다 좋은 발췌문도 정리해 두니 말이다."〔베넷 씨가 말했다.〕
 메리는 무언가 지혜로운 말을 하고 싶었지만, 막상 할 말이 좀처럼 떠오르지 않았다.

─ 《오만과 편견》

⚜

3월 4일

"어머니, 세상을 알면 알수록 제가 진정으로 사랑할 수 있는 남자를 결코 못 만날 거란 확신이 더 커져요. 전 원하는 게 너무 많아요!"

── **메리앤,《이성과 감성》**

⚜

3월 5일

가끔 주도권을 내려놓지 못하는 못 말리는 에마 우드하우스 같은 사람이라면 나이틀리의 지혜로운 말을 잘 새겨들어야 할 것이다.

"에마, 그분을 저녁 식사에 초대하고 최고의 생선과 닭요리를 대접해요. 하지만 본인 아내는 본인이 선택하게 둬요. 사람마다 다르지만, 스물예닐곱 먹은 남자는 자기 일은 알아서 할 수 있으니까."

── **나이틀리 씨,《에마》**

3월 6일

앨런 부인은 세상에 어떻게든 그런 여자를 좋아해서 기꺼이 결혼까지 하는 남자들이 있다는 사실에 놀라움 외엔 그 어떤 감정도 들지 않는, 그런 수많은 여성 부류 중 하나였다.

— 《노생거 사원》

3월 7일

모든 마을에는 훌륭한 숙녀가 한 명은 있어야 한다. 샌디턴의 훌륭한 숙녀는 바로 데넘 부인이었다. 윌링던에서 해변으로 가는 길에 파커 씨는 샬럿에게 이전보다 더 자세히 그녀에 대해 이야기해 주었다.

— 《샌디턴》

이 말은 모든 마을에만 해당되는 것이 아니라, 모든 오스틴 소설에도 그렇다.

3월 8일

세계 여성의 날(International Women's Day)

세계 여성의 날을 맞아 엘리자베스 베넷과 캐서린 귀부인이 나누는 대화를 살펴보자. 이 장면은 수없이 회자되는 말다툼 장면으로 이에 영감을 받아 덜 순종적인 여성, 더 당찬 여성이 되기로 결단해 보는 건 어떨까.

"고집 세고, 제멋대로인 계집애!"

── 캐서린 귀부인이 엘리자베스 베넷에게, 《오만과 편견》

3월 9일

"가난은 큰 불행이야. 하지만 지식과 감성을 갖춘 여성에게는 그것이 가장 큰 불행일 수 없고 그래서도 안 되지. 나는 내가 좋아하지도 않는 남자랑 결혼하느니 학교 선생이 되겠어. (그보다 안 좋은 건 아무것도 떠올릴 수가 없네)."

── 에마 왓슨, 《왓슨 가족》

3월 10일

앤은 사람의 성품을 볼 줄 아는 이라면 대단히 높게 평가할 만한 우아함과 다정한 마음씨의 소유자였지만, 아버지나 자매들에게는 아무런 존재감이 없었다. 앤이 하는 말은 아무도 귀 기울여 듣지 않았고 다들 자신이 필요할 때 그녀를 이용하기만 했다. 앤은 그냥 앤일 뿐이었다.

— 《설득》

적어도 웬트워스 대령에게 또는 제인 오스틴의 독자에게 앤은 결코 "그냥 앤"이 아닐 것이다.

3월 11일

3월 2일에도 읽었듯 오스틴의 오빠 헨리는 레이디 버트럼이라는 등장인물을 굉장히 좋아했다. 그녀에 대해 조금 더 알아보자.

딸들의 교육에 관해서라면 레이디 버트럼은 눈곱만치의 관심도 없었다. 좀처럼 그런 데 관심을 쏟을 시간이 없었다. 그녀는 옷을 잘 차려입고 소파에 앉아 딱히 예쁘지도 않고 유용하지도 않은 뜨개질을 하며 하루하루를 보내는 여성이었다. 자녀들보다는 강아지 퍼그에게 더 많은 관심을 기울였고, 자신을 성가시게 하지만 않는다면 자녀들에게는 뭐든 좋을 대로 하라고 했다. 중요한 문제는 토마스 경이 다 챙겼고 소소한 일들은 언니가 맡았다.

— 《맨스필드 파크》

3월 12일

〔빙리 씨는〕 꽤 젊고 뛰어난 용모에 대단히 호감 가는 인물인데, 더 기분 좋은 소식은 다음에 열리는 모임에 친구들을 잔뜩 데리고 올 예정이란 거였다. 이보다 더 반가운 소식이 있을 수 있을까! 춤을 좋아하는 건 사랑에 빠지기 위한 필수 단계였다. 빙리 씨가 누구에게 마음을 줄지 모두가 기대에 부풀었다.

— 《오만과 편견》

3월 13일

1817년 이날, 조카에게 쓴 편지에서 오스틴은 결혼의 장단점을 토론한다.

싱글인 여성은 가난해질 끔찍한 가능성이 있지.―결혼을 찬성하는 매우 강력한 이유 중 하나지만, 사랑스러운 조카야, 너에게는 그런 논쟁을 자세히 이야기할 필요는 없구나.

— **패니 나이트*에게 보내는 편지, 1817년 3월 13일 목요일**

* 제인 오스틴 형제자매는 일곱째였던 제인을 포함해 총 여덟 명이었다. 패니 나이트는 셋째였던 에드워드 오스틴 나이트의 장녀이다. 에드워드는 부유한 친척인 토마스 나이트의 양자가 되었기에 이름에 나이트가 붙었고, 자녀인 패니도 패니 나이트가 되었다.

3월 14일

제임스 경이 프레더리카에게 청혼하겠다고 내게 말했어. 하지만 내 인생을 힘들게 하려고 태어난 그 애는 말도 안 되는 일이라며 강하게 반대하는 거야. 그래서 지금은 그냥 그 계획은 접는 게 나을 거 같아. 그가 조금만 덜 나약하게 굴었다면 차라리 내가 그와 결혼하는 게 어땠을까 하며 여러 번 후회했어. 하지만 나는 그런 면에서 조금 로맨틱한 편이라 부자인 것만으로는 나를 만족시키지 못할 거야.

— **레이디 수전이 존슨 부인에게, 《레이디 수전》**

3월 15일

제인 오스틴의 많은 편지가 손실되었지만 우리는 그녀가 얼마나 편지를 잘 쓰는 사람이었는지 알고 있다. 그 시대에 편지는 가족은 물론 사회적 연줄을 유지하는 데 없어서는 안 될 수단이었다. 편지보다 더 좋은 것이 있을까? 당연히, 정갈하고 잘 쓰인 편지다.

프랭크 처칠은 하이버리의 자랑거리였다. 모두가 그를 한 번쯤 보고 싶어 하고 궁금해하는 사람들이 많았지만, 그는 이 동네에 평생 한 번도 온 적이 없으니 그 기대에 조금도 응한 바 없었다. 그가 아버지를 방문하러 온다는 이야기는 자주 들렸지만 실제로 오지는 않았다.

이제, 그의 아버지의 결혼식을 맞아 당연히 그가 올 거라는 얘기가 온 마을에 널리 퍼졌다. 〔……〕 드디어 프랭크 처칠이 올 때가 된 것이었고, 그가 이 일로 새어머니에게 편지를 썼다는 소식이 전해지자 그 희망은 더욱 굳어졌다. 며칠 동안 매일 아침 하이버리 사람들은 만나기만 하면 웨스턴 부인이 받은 편지가 얼마나 잘 쓴 편지인가 하는 말을 주고받았다.

"처칠 씨가 웨스턴 부인에게 쓴 편지가 얼마나 멋진지 들으셨죠? 아주 잘 쓴 편지라고 그러던데. 우드하우스 씨가 말해 줬는데, 편지를 직접 읽어 보니까 그렇게 훌륭한 편지는 지금까지 본 적이 없다고 하더라고요."

── 《에마》

3월 16일

바턴 코티지의 집은 작지만 아늑한 데다 구조가 좋았다. 하지만 코티지라고 하기에는 부족한 면이 있어, 건물은 소박했고 지붕은 기와를 얹었으며 창 덧문은 초록색으로 칠해져 있지 않았고 벽도 덩굴로 덮여 있지 않았다.

── 《이성과 감성》

3월 17일
세인트 패트릭의 날(St Patrick's Day)

오늘은 세인트 패트릭의 날이니 던웰 애비에서 자라는 토끼풀이 언급되는 부분을 읽어 보자.

간단한 식사가 끝나고 이제 일행은 아직 돌아보지 못한 곳을 보러 다시 나갔다. 애비 저택의 연못이든 아니면 내일이면 베어낼 토끼풀이 난 곳이든, 적어도 더워졌다가 다시 시원해지는 즐거움이라도 느끼기 위해서였다.

— 《에마》

3월 18일

1817년 이날, 시름시름 앓던 제인 오스틴은 집필 중이던 원고 《샌디턴》을 내려놓아야 했다. 그녀의 전기를 쓴 클레어 토말린은 이렇게 썼다. "3월 18일 제인 오스틴은 '고열과 담즙성 발작'으로 원고를 포기했다. '반드시 써야 할 글 외에는 아무것도 쓸 수 없을' 정도로 몸 상태가 매우 나빠졌다." 우리에게 남겨진 이 작품의 몇 개의 장만 보더라도 이 소설은 전형적인 오스틴 특유의 엉뚱한 등장인물들로 가득 찬 유쾌한 책이었을 것 같다.

샌디턴은 [파커 씨에게] 마치 두 번째 아내이자 네 명의 자식이나 다름없었다. 분명 애정이 더하면 더했지, 덜하지 않았다. 샌디턴 얘기라면 끝도 없이 할 수 있을 것 같았다.

— 《샌디턴》

3월 19일

베이츠 부인은 하이버리의 전 교구 목사의 미망인으로 아주 나이가 많아 차를 마시고 카드 게임을 하는 것 외에 다른 활동은 참여하지 않았다. 아직 미혼인 딸과 궁핍하게 살고 있었다. 〔……〕 딸은 젊지도 예쁘지도 않고 부유하거나 결혼하지도 않았지만, 보기 드물게 평이 좋았다. 〔……〕 그녀는 미모나 영리함을 절대 자랑하지 않았다. 그녀의 젊은 시절은 특별한 일 없이 그냥 지나갔고, 중년의 삶은 약해져 가는 어머니를 돌보는 데 헌신했으며 적은 수입으로 빠듯한 살림을 하느라 애를 썼다. 하지만 그녀는 행복한 여성이었고, 누구든 그녀에 대해 이야기할 때면 늘 좋게 평가했다.

— 《에마》

3월 20일

국제 행복의 날

(International Day of Happiness)

국제 행복의 날을 에드워드 페라스의 지혜로운 말로 기념해 보자.

"저는, 다른 사람들이 그렇듯, 완벽하게 행복해지고 싶습니다. 하지만 다른 사람들이 그렇듯, 저 자신만의 방식으로 행복해지고 싶습니다. 제가 위대한 인물이 된다고 해서 행복해질 것 같진 않아요."

— 에드워드 페라스, 《이성과 감성》

3월 21일

세계 시의 날 (World Poetry Day)

오늘은 세계 시의 날이다. 제인 오스틴은 산문과 편지로 가장 잘 알려졌지만, 때로는 시를 쓰기도 했다. 다음은 그녀가 오빠인 프랜시스(프랭크)*의 첫아들이 태어나자 이를 기념하기 위해 지은 시다.

> 사랑하는 프랭크 오빠,
> 메리가 무사히 아들을 낳았다니,
> 오로지 기쁨만 가득하길.
> 메리 제인을 낳았을 때보다
> 덜 고생한 것 같아 다행이다.
> 아이가 자라면서 축복이 되길,
> 부모의 사랑을 받을 자격을 갖추길!
> 재능과 천성의 좋은 것을 받았으니,
> 당신의 피가 섞인 이름이니,
> 아이 안에서, 그의 모든 모습 속에서
> 또 한 명의 프랜시스 윌리엄을 보게 하소서!

─ 프랜시스 오스틴에게 보내는 편지/시, 1809년 7월 26일 수요일

* 프랜시스(프랭크) 오스틴은 팔 남매 중 여섯째였다.

다음은 커밀라 월롭이 나이 많은 목사 헨리 웨이크와 결혼하는 걸 보고 쓴 짧은 4행시다.

    쾌활하고 명랑하며 키가 작은 커밀라,
    남편으로서는 그녀에게 있어 마지막 기회였다네.
    수많은 무도회에서 헛되이 춤을 춘 뒤,
    웨이크*에 뛰어들어 이제 매우 행복하다네.

* Wake, 중의적인 의미가 있다. 커밀라가 결혼하려는 남자의 이름이 헨리 웨이크이기도 했고, wake라는 단어는 '초상집에서의 밤샘, 장례식 전야제'를 뜻하기도 한다. 헨리 웨이크가 나이가 많은 사람이었기에 이 점을 익살스럽게 꼬집는 제인 오스틴 특유의 표현이라고 할 수 있다.

3월 22일

"하지만 그녀의 동생 중 하나가 자네 바로 뒤에 앉아 있잖아. 정말 예쁘고, 덧붙이자면, 정말 호감 가는 여성이야. 내 파트너에게 부탁해서 자네를 소개해 달라고 하지."〔빙리가 말했다.〕

"누굴 말하는 거야?"〔다아시가〕 돌아보며 엘리자베스를 잠시 바라보다 그녀와 눈이 마주치자 시선을 거두고 차갑게 말했다. "저 정도면 봐줄 만하지. 하지만 내가 매력을 느낄 정도로 아름답지는 않아. 게다가 나는 다른 남자들이 쳐다도 안 보는 여성에게 일부러 관심을 보일 기분이 아니야."

── 《오만과 편견》

3월 23일

겉으로 보기엔 미혼인 상태에 나름대로 만족하고 있는 것처럼 보이지만, 노처녀가 될 것 같다는 불안감은 제인 오스틴의 책에 나오는 젊은 여성에게 종종 크게 드리워진다.

〔엘리자베스는〕 스물아홉이라는 나이를 생각하면 슬프기도 하고 불안하기도 했다. 지금도 여전히 빼어나게 아름다운 외모가 꽤 만족스럽긴 하지만, 위험한 나이가 점점 다가오고 있으니 다음 1~2년 안에 준남작의 혈통을 가진 남자의 청혼을 받을 거란 확신만 있었어도 마음이 한결 나았을 것이다.

— 《설득》

3월 24일

〔그곳은〕 공정하고 전통적인 기숙학교였다. 합리적인 가격에 양질의 교육을 제공하고, 딸들을 떼어 놓기에도 좋았으며, 천재로 만들어 준다기보다는 그럭저럭 기본적인 교육을 받을 수 있는 곳이었다.

— 《에마》

3월 25일

3월 20일에 행복은 결국 우리 자신 안에 있다는 걸 배웠지만, 《노생거 사원》의 샬롯 몰런드도 깨달았듯 적절한 칭찬 한두 마디가 행복을 느끼게 해 준다는 건 부정할 수 없다.

하지만 사람들은 [캐서린을] 선망의 눈길로 바라봤고 약간의 감탄도 섞여 있었다. 그녀 바로 옆에서 두 신사가 예쁜 아가씨라고 말한 것이다. 그 말은 제대로 효과가 있었다. 캐서린은 갑자기 조금 전보다 그날 저녁이 더 즐거워졌다. 그녀의 소박한 허영심으로는 아주 만족스러웠다. 진정한 여주인공 자질을 가진 여성의 매력을 찬미하기 위해 쓰인 열다섯 편의 소네트보다 이런 단순한 칭찬에 더 큰 고마움을 느꼈다.

— 《노생거 사원》

3월 26일

레이디 엘리엇이 살아 있을 때는 질서와 절제, 절약이 가능했기 때문에 [월터 경이] 수입 범위 안에서 생활할 수 있었지만, 그녀가 세상을 뜨고 나자 그러한 올바른 사고방식도 함께 사라졌다. 이후로 계속해서 수입을 넘기는 소비 생활을 이어오고 있었다. 돈을 더 적게 쓴다는 것은 그에게 불가능해 보였다. 그는 월터 엘리엇 경으로서 마땅히 해야 할 일이 아니면 절대 하지 않았다. 그에게 잘못이 없다 치더라도 빚은 점점 쌓여 갔고, 그 사실을 귀에 못이 박히도록 듣게 되자, 더 오래 숨기는 것도 무의미한 지경에 이르렀다.

── 《설득》

3월 27일

제인 오스틴의 많은 팬 중에는 섭정왕*도 있었다. 한번은 그의 사서인 제임스 스태니어 클라크가 그녀를 방문해 다음 책을 섭정왕에게 헌정하도록 '권유'했다. 그래서 오스틴은 《에마》에 다음과 같은 헌정사를 바쳤다.

   섭정왕 폐하께,
   이 작품을
   폐하의 허락하에
   가장 높은 경의를 표하며 바칩니다.
   전하의 가장 충성스럽고 순종적인 검손한 종,
   저자 드림

1816년 이날, 오스틴은 클라크로부터 다음과 같은 감사 편지를 받았다.

   최근 발간한 훌륭한 소설책을 보내주신 것에 대해
   섭정왕 폐하를 대신하여 감사하다는 말씀을 전해 드립

니다.

── 제임스 스태니어 클라크에게 받은 편지,
클레어 토말린의 《제인 오스틴: 삶》에서 발췌

* Prince Regent, 1811~1820년 동안 영국을 섭정했던 조지 4세를 가리킨다. 조지 3세가 정신 질환으로 통치할 수 없게 되자 그의 아들이 섭정했다.

3월 28일

안티과로 떠난 사람들이 제일 처음 전해 온 소식은 그들이 무사히 항해한 후 잘 도착했다는 것이었다. 물론 그전에 노리스 부인은 덜덜 떨며 불안해했고, 에드먼드와 단둘이 있게 될 때마다 불안에 동참시키려 애썼다. 그 어떤 끔찍한 재앙 같은 소식이 들려온다면 그걸 알게 될 첫 번째 사람은 자신이라고 믿었기에, 다른 사람들에게 알릴 때 어떤 방식으로 해야 할지 이미 계획까지 세워 두었다. 그런데 토마스 경이 두 사람이 모두 잘 있다는 소식을 알려 오자, 정성껏 준비했던 고별사와 불안한 마음을 잠시 내려놓아야 했다.

─ 《맨스필드 파크》

3월 29일

제인 오스틴의 언니 커샌드라의 노트에 따르면 오스틴은 1815년 이날에 《에마》의 집필을 끝냈다. 1814년 1월 21일에 시작해 일 년 조금 넘게 걸린 것이다. 여기서 마지막 장면을 읽어 보자.

그들의 결혼식은 고급스러운 음식이나 겉치레를 좋아하지 않는 사람들이 치르는 여느 결혼식과 매우 비슷했다. 남편에게 세세한 설명을 전해 들은 엘턴 부인은 자신의 결혼식에 한참 못 미치는 초라하기 짝이 없는 예식이라고 생각했다. "흰 새틴도, 레이스 베일도 보기가 힘들었다니, 세상에나, 불쌍해라! 셀리나가 이 소식을 들으면 눈이 똥그래지겠어요." 하지만 이런 부족한 점에도 불구하고 결혼식을 지켜봤던 소수의 진정한 친구들의 소망과 기대, 신뢰, 축복은 이 두 사람의 완벽하고 행복한 결합에서 모두 실현되었다.

—《에마》

3월 30일

몇 년간의 과부 생활 끝에, (데넘 부인은) 다시 결혼하게 되었다. 샌디턴 주변의 데넘 파크에 살던 작고한 해리 데넘 경은 그녀와 그녀의 막대한 재산을 자신의 소유로 옮기는 건 성공했지만, 그의 가문 전체를 영원히 부유하게 만들겠다는 계획은 이루지 못했다. 부인은 매우 신중한 사람이라 그 어떤 것도 자신의 권한 밖에 두지 않았다. 해리 경이 죽고 나자 샌디턴에 있는 자신의 집으로 돌아왔고 친구에게 이렇게 자랑했다고 한다. "그 집안에서 작위 외에는 얻은 게 없지만, 그래도 작위를 위해 내가 내어 준 건 아무것도 없어."

── 《샌디턴》

❧
3월 31일

제인 오스틴의 책을 읽는 독자라면 그녀가 상류층 사회에 만연한 이기적이고 무심한 대화를 별로 좋아하지 않는다는 점을 금방 알게 될 것이다.

그들은 계속해서 가족과 자매, 사촌들의 안부를 묻고 근황을 얘기했는데, 상대방의 얘기를 들어주기보다는 자기 얘기를 하는 데 훨씬 더 열심이다 보니 결국 서로가 하는 말은 거의 듣지도 않았다.

— 《노생거 사원》

4월

APRIL

———

봄이 한창이고 꽃이 피기 시작하는 4월은 날씨가 여전히 변덕스럽고 습할 수는 있어도 왠지 기분이 좋아지는 달이다. 《오만과 편견》에서 다아시가 엘리자베스에게 처음으로 (그리고 비참하게) 청혼을 한 달이 4월이기도 하다. 《맨스필드 파크》에서 4월이면 버트럼 자매는 '화창한 아침이면 즐겁게 말을 타러' 나가고, 가여운 패니는 이모들과 집에 남겨진다.

부정기 축제일

부활절(Easter)

부활절은 기독교의 축일로 춘분 이후 보름달이 뜨는 첫 번째 일요일에 기념한다. 더 간단히 말하자면 3월 22일에서 4월 25일 사이에 맞게 된다. 부활절은 오스틴의 작품에서 몇 번 등장한다. 《오만과 편견》에서 다아시와 엘리자베스 베넷은 로징스에서 부활절 설교를 함께 듣는다. 《이성과 감성》의 대시우드 자매는 부활절 휴일을 보내려고 런던을 떠나 클리블랜드로 향한다. 그리고 비록 달걀 모양 초콜릿은 오스틴의 작품 어디에도 등장하진 않지만, 《에마》의 우드하우스 씨는 삶은 달걀의 장점에 대해 대단히 할 말이 많다. (4월 2일 참조)

4월 1일

만우절을 맞아 웨일스 공의 사서였던 제임스 스태이너 클라크(3월 27일에도 등장한다)를 떠올려 보자. 그는 용감하게도 제인 오스틴에게 다음 책은 시골 상류층의 일상과 사랑 이야기 대신, 역사 로맨스를 써 볼 것을 제안한다.

제가 요즘 어떤 글을 쓰면 좋을지 조언해 주시다니, 정말 대단히 친절하시네요. 그리고 작센코부르크 가문에 기반한 역사 로맨스가 제가 쓰는 시골 마을의 일상을 그린 책보다 더 많은 이익과 명성을 얻는 데 잘 맞는다는 점은 저도 잘 알고 있습니다.─하지만 저는 서사시를 쓸 수 없는 것처럼 로맨스 소설도 쓸 줄 모릅니다.─진지한 로맨스를 쓰려고 심각한 표정으로 앉아 있는 건 제 목숨을 구하기 위해서가 아니라면 절대 하지 못할 겁니다. 그리고 만약 제가 계속해서 저 자신이나 다른 사람을 웃음거리로 삼으며 재미있게 쓰지 못한다면, 저는 책의 첫 장을 완성하기도 전에 분명 교수형을 당하고 말 겁니다.─아니에요.─저는 저만의 스타일을 유지하고 저만의 방식으로 나가야 합니다. 설령 제가 그런 식의 글로 다시는 성공하지 못한다 해도, 다른 방식으로는 완전히 실패하리라는 걸 확신하거든요.

— **제임스 스태니어 클라크에게 보내는 편지,**
1816년 4월 1일 월요일

⚜

4월 2일

서서히 바뀌는 계절을 보고 누군가를 초대하고 싶은 마음이 든다면, 우드하우스 씨의 방식은 따르지 않도록 하자. 그는 불안한 마음에 이런저런 잔소리를 늘어놓아 손님들은 식사 한 끼도 편히 할 수 없었다.

이런 상황이 닥칠 때마다 딱한 우드하우스 씨의 마음은 안타까움으로 요동쳤다. 그가 젊을 때 식탁보를 까는 게 유행이었기에 식탁보를 까는 건 좋아했지만 늦은 저녁 식사는 건강에 안 좋다고 믿었기에 식탁보 위로 무슨 음식이 올라와도 내심 불편하기만 했다. 손님들을 제대로 대접하고 무엇이든 내주고 싶으면서도, 그들의 건강이 걱정되어 손님들이 음식을 먹을 때마다 울적해졌다.

우드하우스 씨가 먹을 수 있는 음식인 작은 그릇에 담긴 오트밀 죽이 그가 손님들에게 권할 수 있는 전부였지만, 숙녀들이 더 먹음직스러운 음식을 편안히 즐기자 이렇게 말했다.

　"베이츠 부인, 이 달걀을 하나 드셔보세요. 삶은 달걀 하나가 건강을 해치지 않아요. 우리 집 하인 세를이 달걀을 기가 막히게 잘 삶거든요. 다른 사람이 삶은 달걀은 권하지도 않겠어요.―마음 푹 놓으세요.―보세요. 달걀은 아주 조그마하니까요.―작은 달걀 하나가 해가 되진 않을 거예요. 베이츠 양, 에마가 자르는 타르트를 조금―아주 조금만 드시는 게 어떨까요. 커스터드는 추천하지 않겠습니다. 고다드 부인, 와인 반 잔을 드실까요?―물을 섞어서 작은 잔으로 반 잔은 어떨까요? 아마 좋아하실 겁니다."

――《에마》

⚜

4월 3일

"아휴! 언니는 정말이지 사람들을 너무 좋게만 보려고 해. 그 누구에게서도 단점을 보지 못하잖아. 세상 사람들이 전부 착하고 괜찮게 보이나 봐. 나는 살면서 언니가 누구든 안 좋게 말하는 걸 한 번도 들어본 적이 없어."

── **엘리자베스 베넷이 언니 제인에게, 《오만과 편견》**

⚜

4월 4일

메리앤의 연주는 뜨거운 박수갈채를 받았다. 존 경은 곡이 끝날 때마다 아낌없는 찬사를 보냈고, 곡이 연주될 때는 다른 사람들과 열심히 수다를 떨었다.

── **《이성과 감성》**

4월 5일

4월에 갑자기 소나기가 내리면, 그날 세워둔 계획에 차질이 생길 수도 있다. 그렇다면 캐서린 몰런드와 이사벨라 소프를 따라 독서를 하며 시간을 보내자.

캐서린과 이사벨라의 우정은 초반부터 훈훈하더니 이내 빠르게 불붙었다. 〔……〕 비 오는 아침이 다른 즐거움을 빼앗아 가더라도, 그들은 여전히 진흙과 빗속을 무릅쓰고 만났으며, 방에 틀어박혀 함께 소설만 읽었다. 그렇다. 소설이었다.―나는 소설가들 사이에서 너무도 흔히 일어나는, 작품의 수를 늘려가면서도 그 장르를 비하하는 그런 비열하고 졸렬한 관습을 받아들이지 않을 것이다. 〔……〕 아! 만약 소설의 여주인공이 다른 소설의 여주인공에게조차 응원과 존중을 받지 못한다면, 누구로부터 그것을 기대할 수 있을까?

― 《노생거 사원》

4월 6일

어떤 여성[레이디 수전]이기에! 정말이지 궁금해서 누님의 친절한 초대를 기꺼이 받아들이겠습니다. 그렇게 능수능란하게 휘어잡는 매혹적인 힘이 어떤 건지 알게 될지도 모르죠.—둘 중 누구도 자유의 몸이 아니었는데 두 남자의 애정을 같은 집에서, 동시에 얻어내다니.—게다가 어리지도 않은데, 이 모든 걸 해내다니요.

— **레지널드 드 쿠르시가 버넌 부인에게**, 《레이디 수전》

4월 7일

세계 보건의 날(World Health Day)

제인 오스틴의 소설에는 건강염려증 환자가 꽤 많이 등장한다. 《에마》에 등장하는 우드하우스 씨의 오트밀 죽을 향한 뜨거운 일편단심부터 (12월 3일 참조) 《샌디턴》의 파커 남매가 경쟁적으로 자신이 더 아프다고 하는 것까지(7월 7일, 9월 19일 참조) 건강에 관해서라면 실로 다양한 인물이 등장해 마음껏 감상할 수 있다. 오늘의 우승자는 대단히 불쾌한 환자인 《설득》의 메리 머스그로브이다.

"오늘 아침처럼 이렇게 아픈 적은 이제껏 살면서 한 번도 없었어.—도저히 혼자 있을 수 있는 몸 상태가 아니었다니까. 만약 내가 끔찍하게 발작이라도 해서 벨도 못 누른다면 어떡하겠어!"

— **메리 머스그로브**, 《설득》

4월 8일

1805년 이날 언니에게 보낸 이 편지에서 오스틴은 세월이 흐르는 걸 생각하며 사색적인 분위기에 잠겼다.

우리가 르프로이 양의 공연을 보러 같은 승마장에 간 게 7년 하고도 4개월 전이라니!—지금 우리는 완전히 다른 사람들과 교류하고 있네! 하지만 7년이라는 세월은 한 사람의 모공 하나하나까지 그리고 마음속 모든 감정까지 전부 바꾸고도 남는 시간이겠지.

── **커샌드라 오스틴에게 보내는 편지,**
   1805년 4월 8일 월요일~4월 11일 목요일

❦

4월 9일

"도시, 이제 도시라고!" 파커 씨가 기뻐서 외쳤다. "보세요, 메리. 윌리엄 힐리 가게의 진열창을 보세요. 파란색 구두에 목이 긴 부츠라니! 옛날 샌디턴의 신발 가게에서 저런 걸 보리라고 누가 예상이나 했겠어요! 이번 달 들어 처음 보는 겁니다. 한 달 전만 해도 우리가 지나갈 때 파란 구두는 없었어요. 정말이지 아름답군요! 음, 내 생각엔 내가 살아오면서 뭔가를 이룬 것 같군."

── 《샌디턴》

❦

4월 10일

"아! 책이 너무 재미있더라! 책만 읽으면서 살 수 있다면 얼마나 좋을까. 너를 만나러 오는 게 아니었다면, 무슨 일이 있어도 책을 덮지 않았을 텐데."

── 캐서린 몰런드, 《노생거 사원》

⚜

4월 11일

《쥬베닐리아》에 수록된 단편 〈잭과 앨리스〉에서 어린* 제인 오스틴은 와인을 과음하는 위험에 대해 생각한다.

어느 날 저녁, 와인 때문에 다소 몸이 더워졌다고 느낀 앨리스는 (그녀에게 그리 드문 일은 아니었다) 어지러운 머리와 사랑에 지친 마음을 쉬게 하려고 총명한 레이디 윌리엄스와 대화해보려고 했다. 〔……〕 와인을 마셨음에도 불구하고 불쌍한 앨리스는 대단히 의기소침한 상태였다.

── 〈잭과 앨리스〉,《쥬베닐리아》

* 약 열두 살 즈음으로 짐작한다.

4월 12일

젊은 에마 우드하우스는 "절대 결혼하지 않겠다"라고 다짐했지만, 《에마》의 이 발췌문을 보면 끔찍한 엘턴 부인 뒤에 서서 무도회로 들어가는 모멸감을 느끼자, 그녀의 다짐을 번복해야 하나 고민한다.

웨스턴 씨와 엘턴 부인이 앞장서고, 프랭크 처칠 씨와 우드하우스 양이 뒤를 이었다. 에마는 자신을 위해 특별히 마련된 무도회라고 줄곧 생각했지만, 엘턴 부인 뒤인 두 번째로 서야 했다. 그건 결혼을 해야겠다고 생각할 만한 일이었다.

── 《에마》

4월 13일

제인 오스틴은 《이성과 감성》의 독특한 파머 씨 부부부터 (1월 22일과 23일 참조) 게으른 레이디 버트럼과 그녀의 참견쟁이 언니인 노리스 부인까지 '별난 커플'을 묘사하는 걸 즐겼지만, 독자들에게 한결같은 즐거움을 안기는 한 커플이 있으니, 이는 긍정적이고 밝고 끝없는 매력을 발산하는 빙리와 그의 까다로운 절친인 다아시다.

그들이 메리턴 모임에서 나눴던 대화만 봐도 둘의 특징이 충분히 드러났다. 빙리는 지금껏 살면서 이렇게 유쾌하고 예쁜 아가씨들은 만나 본 적이 없다고 했다. 모두가 그에게 대단히 친절하고 세심하게 대했기에 그는 딱딱한 격식이나 어색함을 찾을 수 없었고 금세 방 안에 있는 모든 사람들이 친근하게 느껴졌다. 베넷 양으로 말할 것 같으면 천사도 그녀보다 더 아름답지 않을 거라 생각했다. 반대로 다아시는 아름다운 사람은커녕 옷을 멋있게 갖춰 입은 사람도 보이지 않아 누구에게든 눈곱만치의 관심도 가지 않았고, 그 누구로부터도 유쾌한 관심조차 받지 못했다. 베넷 양의 외모는 나쁘지 않지만 웃음이 헤프다고 생각했다.

── 《오만과 편견》

4월 14일

크로퍼드 양의 미모 때문에 버트럼 자매가 손해 볼 일은 없었다. 버트럼 자매도 뛰어나게 아름다웠기에 어떤 예쁜 여자라도 미워할 필요가 없었다.

── 《맨스필드 파크》

4월 15일

자신의 대화 기술을 의심했거나 혹은 그런 노력을 기울이는 게 너무 귀찮았기 때문인지 《왓슨 가족》의 오스본 경은 그의 친구 톰 머스그레이브에게 에마 왓슨에게 먼저 말을 걸어 자신이 그녀를 직접 만나려면 도대체 얼마나 말을 해야 할지 알아오라고 한다.

"아, 그래 주게. 그리고 그녀가 그리 대화하고 싶어 하지 않는 거 같으면 나는 천천히 소개해도 되네."
"알겠네. 그녀가 그녀의 자매들과 비슷하다면 자기 얘기에 집중해 줬으면 하겠지. 이제 가 보겠네. 에마 왓슨은 차 마시는 방에 있지 않겠나. 저 고지식하고 나이 많은 에드워즈 부인은 아직도 차를 마시고 있을 테니."

— 《왓슨 가족》

4월 16일

《설득》에서 재정난을 겪게 되어 어쩔 수 없이 집을 세 놓게 된 월터 경은 자신의 관목숲만큼은 그 누구도 들어가서는 안 된다고 선을 긋는다.

"그런 문제에 관해서라면 말일세." 월터 경이 차갑게 말을 이었다. "내가 내 집을 세놓기로 결정했다고 해도 집과 연계된 특권에 관해서는 전혀 결정한 바가 없네. 세입자에게 딱히 호의를 베풀 필요는 없지. 물론 주변 공원은 당연히 세입자가 이용해야지. 해군 장교든 누구든, 이런 크기의 공원은 가져보지 못했을 테니까. 하지만 유원지 사용에 제한을 두는 건 다른 문제일세. 내 관목숲에 누구나 들어갈 수 있다는 생각은 마음에 들지 않는군. 엘리엇에게도 화원에 관해서는 조심해 두는 게 좋다고 충고해야겠어."

— 《*설득*》

⚜

4월 17일

그들은 자녀가 너무 많아 일일이 설명하기는 어려웠다. 대체로 다들 착한 편이었으며 악한 길로 빠지는 일은 없었다는 설명이면 충분하다.

── 〈에드가와 에마〉, 《쥬베닐리아》

⚜

4월 18일

"하지만 여기 내 동생 중 한 명에게서 온 편지가 있어요. 애네들은 절대 나를 실망시키지 않는답니다. 여성들만이 유일하게 의지할 수 있는 편지 친구들이지요."

── 파커 씨, 《샌디턴》

4월 19일

1811년 이날 언니에게 보내는 편지에서 오스틴은 사람들을 관찰하고 주변 사람들의 행동을 지켜보는 걸 얼마나 좋아하는지 밝히고 있다. 이는 작가로서 그녀의 기술을 발전시키는 데 분명 큰 역할을 했을 습관이다.

메리와 나는 그녀의 아버지와 어머니를 해치우고 난 뒤, 리버풀 박물관과 영국 미술관에 갔어. 두 곳 모두 정말 재미있긴 했지만, 나는 남자와 여자를 관찰하는 걸 더 좋아하니까, 전시보다는 사람들 구경에 더 끌리더라.

── **커샌드라 오스틴에게 보내는 편지,**
  1811년 4월 18일 목요일~20일 토요일

4월 20일

〔엘턴 씨는〕 매우 잘생겼고, 그의 인격은 비록 〔에마〕에게서는 아니지만 대체로 훌륭하다고 인정받았다. 에마가 중요하게 생각하는 특징인 우아함이 부족했기 때문이다.—하지만 그녀를 위해 호두를 따러 시골로 말을 타고 나간 로버트 마틴에 만족하는 소녀라면, 엘턴 씨의 낭만적인 상상력에 쉽게 마음을 빼앗길 수도 있을 것 같았다.

— 《에마》

마틴의 호두 얘기는 10월 2일을 참조할 것.

4월 21일

엘리자베스는 자신이 그의 친구의 눈에 관심의 대상이 되어 가고 있다는 걸 전혀 눈치채지 못했다. 다아시는 처음에는 그녀가 전혀 예쁘지 않다고 생각했고, 무도회에서 봤을 때도 감탄할 만한 부분은 전혀 발견하지 못했다. 다음에 둘이 만났을 때, 다아시는 오로지 그녀의 흠을 찾기 위해서만 바라보았다. 하지만 그녀의 얼굴에는 그다지 아름다운 특징은 없다는 점을 그 자신과 친구들에게 분명히 하자마자, 그녀의 검은 눈동자에서 뿜어져 나오는 아름다운 표정이 그녀의 얼굴을 유난히 지적으로 빛나게 한다는 걸 깨닫기 시작했다.

—《오만과 편견》

4월 22일

《이성과 감성》의 활기 넘치는 제닝스 부인은 우리가《에마》에서 만난 고상한 에마 우드하우스와 공통점은 별로 없는 듯하다. 하지만 두 사람은 모두 결혼 중매를 서는 데 뜨거운 관심을 보인다는 공통점이 있다. (2월 29일 참조)

제닝스 부인은 과부로 상당한 재산을 갖고 있었다. 딸만 둘을 뒀고, 둘 다 좋은 집안에 시집을 보냈으므로, 이제는 나머지 세상 사람들을 결혼시키는 일 외에는 아무것도 할 일이 없었다. 이 목적을 달성하기 위해 그녀는 할 수 있는 한 최대한 열정을 쏟았고, 자신이 아는 모든 젊은이 사이에 결혼시킬 만한 가능성이 있다면 절대 놓치지 않았다.

— 《이성과 감성》

4월 23일

[버논 부인은] 분명히 교양 있는 숙녀이고 상류층 분위기를 풍기지만, 태도를 보면 나에 대해 선입견을 품고 있어 그리 호의적이지 않아. 나는 동서가 나를 보고 기뻐하길 바랐는데.—비록 그런 상황이었어도 나름 최대한 붙임성 있게 굴었는데—아무런 소용이 없었어.—동서는 나를 좋아하지 않아. 하긴 내 남편의 동생과 결혼하는 걸 막기 위해 애쓴 걸 생각하면, 그렇게 다정하게 굴지 않는 것도 그리 놀랍지는 않아. 그렇다 해도 6년 전에 결국 성사되지도 못한 일을 아직도 마음에 품고 그렇게 분을 내는 걸 보면 얼마나 옹졸하고 복수심이 강한 사람인지 알 수 있어.

— **레이디 수전이 존슨 부인에게, 《레이디 수전》**

4월 24일

이사벨라 소프의 우정에 대한 생각은 읽는 재미가 있지만, 그녀가 주장하는 충성심은 《노생거 사원》의 전개 과정에서 찾아보기 힘들다.

"진정한 친구를 위해서라면 못할 게 없지. 나는 사람을 반쯤만 사랑한다는 법을 몰라. 천성이 그래. 애정이 언제나 지나치게 강해."

── **이사벨라 소프, 《노생거 사원》**

4월 25일

1811년 이날, 오스틴은 첫 출간 소설인 《이성과 감성》을 준비하느라 분주했다.

아니, 결코 그렇지 않아. 나는 S&S* 준비에 이렇게 바쁜 적이 있었나 싶어. 젖먹이를 잊지 못하는 어미처럼 내 머리는 온통 책 생각으로 가득 차 있어. 언니가 안부를 물어봐 줘서 정말 고마워. 교정을 두 장 봤는데, 마지막 장은 아직 〔윌로비가〕 처음 등장하는 부분만 진행된 상태야. 〔……〕 헨리 오빠는 이 일을 소홀히 넘기지 않고, 인쇄소에 가서 계속 재촉했고 오늘 그를 다시 만날 거 같대. 〔……〕 나는 K 부인의 관심에 깊이 감사하고 있어. 〔……〕 부인이 나의 엘리너를 좋아할 거라 생각하지만, 그 외에는 기대를 말아야겠지.

── **커샌드라 오스틴에게 보내는 편지, 1811년 4월 25일 목요일**

* 《이성과 감성》

4월 26일

완연한 봄이다. 그러니 《노생거 사원》에서 샬롯 몰런드가 즐겼던 그런 아름다운 아침을 맞게 되길 바라자.

그녀는 다음 날은 더 운이 좋아 [틸니 씨를] 보게 되기를 바랐다. 날씨가 화창하길 바라던 그녀의 소망대로 아름다운 날이 시작되자, 그를 만날 거라는 데 조금의 의심도 들지 않았다. 왜냐하면 바스에서 쾌청한 일요일에는 사람이란 사람은 모조리 집 밖으로 나와 거리를 다니며 서로에게 얼마나 날씨가 좋냐며 담소를 나누니 말이다.

— 《노생거 사원》

4월 27일

오늘은 다소 우울한 글이다. 제인 오스틴은 1817년 이날, 건강이 악화되자 자신의 유언장을 작성했다. 이후로 3개월을 더 살았지만, 이 문서를 준비하기로 결심한 걸 보면 자신의 병세가 얼마나 심각한지 알고 있었음을 보여 준다.

초턴 교구에 거주하는 나, 제인 오스틴은 이 유언장이 나의 최종이라 선언한다. 내가 사망 시 내가 소유하고 있는 모든 것, 또한 사후 나에게 지급될 모든 것을 가장 사랑하는 언니, 커샌드라 엘리자베스에게 유산으로 준다. 단, 먼저 내 장례 비용과 내 오빠인 헨리에게 50파운드, 비종 부인에게 50파운드를 유증한다는 조건을 건다. 이 금액은 가능한 한 빠른 시일 내에 지급되기를 요청한다. 그리고 앞서 언급한 자매를 이 유언장의 집행인으로 임명한다.
   제인 오스틴

— **유언장, 1817년 4월 27일 일요일**

4월 28일

[프레더릭 웬트워스는] 그 당시 뛰어나게 훌륭한 젊은이로 대단히 똑똑하고 활력이 넘쳤으며 재능이 뛰어났다. 앤은 특출나게 예쁜 소녀로 다정하고 겸손하며 훌륭한 취향과 감성을 소유한 아가씨였다. 어느 쪽이든 가진 매력의 반만 있어도 충분했을 것이다. 그는 딱히 할 일이 없었고 그녀는 사랑하는 사람이 없는 상황이었는데, 이토록 매력 넘치는 두 사람이 만났으니 결코 실패할 수 없었다.

── 《설득》

4월 29일

화창한 하늘과 길어진 낮 덕분에 창의적인 활동을 더 많이 하게 된다면, 교양 있는 여성이 되기 위한 에마 우드하우스의 다소 산만한 방식을 되짚어 보고, 각자 선택한 활동에 좀 더 꾸준히 집중하는 게 좋을 것 같다.

에마는 바로 작업을 시작하려고 지금껏 어느 것 하나 완성하진 않았지만 다양하게 시도했던 초상화 그림이 담긴 포트폴리오를 꺼내 왔다. 해리엇에게 어떤 크기가 좋을지 함께 결정하면 될 터였다. 에마가 초기에 그렸던 많은 그림들이 펼쳐졌다. 세밀화, 반신상, 전신상부터 연필로 그린 것, 크레용이나 수채화로 그린 것 등 돌아가면서 모두 시도해 본 것 같았다. 에마는 늘 모든 걸 해 보고 싶어 했고, 아주 조금만 노력해도 그림과 음악 모두에서 다른 사람들이 하는 것보다 더 나은 실력을 보이곤 했다. 그녀는 피아노를 치고 노래를 불렀고―거의 모든 스타일로 그림을 그렸지만, 끈기가 늘 부족했다.

── 《에마》

4월 30일

크로퍼드는 잘생긴 편은 아니었다. 아니, 자매가 그를 처음 봤을 때는 백지처럼 아무런 특징이 없었다. 〔……〕 하지만 그는 신사다웠고 언변이 뛰어났다. 두 번째로 봤을 때는 그리 평범해 보이진 않았다. 확실히 특별한 구석은 없었지만, 표정이 다양했고 치아가 대단히 가지런했으며 골격이 매우 좋아서 그의 외모는 금세 잊을 수 있었다. 그리고 세 번째 대화를 하고 난 후에는 〔……〕 그 누구도 그를 평범하다 표현하지 않았다. 사실 크로퍼드는 자매들이 이제껏 만났던 남자 중 가장 다정하고 쾌활한 남자여서 둘 다 그를 좋아하게 되었다. 마리아 버트럼은 이미 약혼한 몸이었으므로 그는 당연히 줄리아 버트럼의 차지가 될 가능성이 있었고, 물론 줄리아도 이 상황을 인지하고 있었다. 그래서 그가 맨스필드에 머문 지 채 일주일이 되기도 전에 줄리아는 그와 사랑에 빠질 만반의 준비를 하고 있었다.

— 《맨스필드 파크》

5월
MAY

봄이 절정에 이르렀다. 이제 곧 다가올 여름을 기다리는 5월은 밝고 긍정적이며 희망을 주는 달이다. 자연은 아름다움을 뽐내고 사람들은 낭만적인 분위기에 빠진다. 《맨스필드 파크》가 5월에 출간되었고(5월 9일 참조), 제인 오스틴의 가족은 1801년 5월에 바스로 집을 옮기기도 했다. 정원에는 꽃이 만발하고 날씨는 따뜻하니, 이달은 야외에서 시간을 많이 보내자. 에마가 하는 식으로 소풍을 가거나 엘리자베스 베넷처럼 혼자서 느릿느릿 산책해도 좋겠다. 5월은 또한 정신 건강의 달이기도 하다. 그러니 풍성히 핀 꽃을 감상하며 동시에 자신을 돌보는 시간을 갖는 건 어떨까?

부정기 축제일

어머니날(미국)

3월의 부정기 축제일을 참조할 것.

⚜

5월 1일

우드하우스 씨는 체념했다. 일 년 중 이 계절 덕분에 그의 마음이 조금은 가벼워졌다. 5월이 모든 면에서 2월보다 나았다.

── 《에마》

⚜

5월 2일

[앤은] 어렸을 때는 신중해야 한다고 강요받았고, 나이가 들면서는 로맨스를 알게 되었다.─부자연스러운 시작의 자연스러운 결말이었다.

── 《설득》

5월 3일

제인 오스틴의 여주인공 중에서도 아마도 모든 독자가 가장 아끼는 인물인 엘리자베스 베넷은 낡은 관념을 거부하면서도 독립심이 강한 여성이다. 이는 아마도 언니인 제인이 병이 나자 언니를 만나러 네더필드로 혼자 씩씩하게 걸어가는 행동에서 가장 잘 드러날 것이다. 이를 보고 빙리 자매는 불만을 쏟아냈고, 다아시는 감탄했으며 미식가 허스트 씨는 전혀 관심을 보이지 않는다.

엘리자베스는 빠른 속도로 연이어 들판을 가로질렀다. 조급한 마음에 울타리 계단과 웅덩이를 뛰어넘으며 계속해서 걷자 마침내 저택이 눈에 들어올 만큼 가까이 다다랐다. 발목은 시큰거렸고, 양말은 더러워졌으며, 열심히 걸어오느라 얼굴은 열기로 붉게 달아 올랐다. 〔……〕 허스트 부인과 빙리 양은 이렇게 이른 아침, 이렇게 안 좋은 날씨를 뚫고 그녀가 혼자서 3마일이나 걸어왔다는 사실이 믿어지지 않았다. 〔……〕 다아시는 거의 아무런 말도 하지 않았고, 허스트 씨는 아예 입을 다물었다. 다아시는 열기로 들뜬 그녀의 얼굴빛에 탄복하면서도, 그렇게 혼자 멀리까지 걸어왔어야 했을지 의아한 마음이 들기도 했다. 반면 허스트 씨는 오로지 아침 식사 생각뿐이었다.

—《오만과 편견》

5월 4일

"여자는 남자가 청혼했다고 해서 결혼하는 것도 아니고, 남자가 좋아한다고 고백했거나 봐줄 만한 편지를 쓸 줄 안다고 결혼하는 게 아니야."

—《에마》

5월 5일

1801년 이날 언니에게 보내는 편지에서 제인 오스틴은 여행 동반자들과 거의 말을 섞지 않았기 때문에 '상당히 좋은' 여행이었다는 말을 한다. 이걸로 보아 그녀의 성향이 내성적이었음을 알 수 있다.

보고 싶은 커샌드라에게,

  나는 지금 2층에 있는, 모든 게 편안히 갖춰진 내 방에서 편지를 쓰는 즐거움을 누리고 있어. 우리의 여행은 아무런 사건 사고 없이 잘 진행됐어. 〔……〕 날씨가 맑았고 먼지바람도 거의 안 불었어. 우리는 3마일에 한 번 대화할까 말까 했기 때문에 여행은 상당히 좋았어.

— 커샌드라 오스틴에게 보내는 편지, 1801년 5월 5일 화요일

5월 6일

"여자가 스물일곱이라면," 메리앤이 잠시 뜸을 들였다. "절대로 더는 사랑을 느끼거나 사랑을 받으리라 기대할 수 없어. 만약 집에 사는 게 불편하다거나 가진 재산이 적다면, 누군가의 아내라는 신분이 주는 미래에 대한 대비와 안정을 생각해서 식모의 위치라도 들어앉을 수 있겠지. 그러니까 대령님이 그런 여자와 결혼한다 해도 전혀 이상하지 않아. 다 서로에게 좋은 일이고, 사람들도 그렇게 생각하겠지……."

엘리너가 대답했다. "너한테는 가당치도 않은 생각이라는 거 알아. 스물일곱의 여자가 서른다섯의 남자에게 사랑이라고 불릴 만한 어떤 감정을 느낄 수 있고, 그 남자를 매력적인 동반자로 여길 수도 있다는 거. 하지만 나는 브랜던 대령과 그의 부인이 계속 아파서 병실에만 갇혀 지낼 거라는 네 비참한 의견에는 반대야. 단지 대령이 어쩌다 어제 (몹시 춥고 습한 날이었지) 한쪽 어깨에 살짝 류머티즘성 관절염에 걸린 것 같다고 불평했을 뿐인데."

── **《이성과 감성》**

5월 7일

《노생거 사원》의 이사벨라 소프의 행동은 소설 후반으로 갈수록 형편없지만, 이 장면에서 그녀를 보면 웃음이 새어 나오는 건 어쩔 수 없다. 두 젊은 남자에게서 숨고 싶어 하다가도, 정작 그들이 뒤따라오지 않자 분노하는 극과 극을 오가는 모습에 매료되지 않을 수 없다.

"세상에, 정말이지! 이 방구석에서 나가자. 너, 저기에 있는 끔찍한 젊은 남자 둘이 30분 동안 나를 뚫어져라 쳐다보는 거 눈치챘니. 정말 당황스러워. 우리 나가서 입구 쪽에서 누가 오는지 보러 가자. 저 인간들이 거기까지 쫓아오진 않겠지."
 〔……〕
 잠시 후, 캐서린은 진심으로 기뻐하면서 〔이사벨라에게〕 그 신사들이 막 광천수 방을 나갔으니 더는 불안해하지 않아도 된다고 장담했다.
 "그런데 어느 쪽으로 갔니?" 이사벨라가 급히 돌아보며 물었다. "한 명은 되게 잘생겼던데."

"교회 묘지 쪽으로 갔어."

"아휴, 드디어 제거해버려서 정말 다행이야! 이제 에드거 빌딩으로 가서 새로 산 모자를 구경할까? 네가 보고 싶다고 했잖아."

캐서린이 얼른 좋다고 했다. "그런데, 우리가 저 두 남자보다 앞서가야 할 텐데."

"아! 신경 쓰지 마. 우리가 빨리 걸으면 금방 지나쳐서 갈 수 있을 거야. 그리고 내 모자를 보여 주고 싶어 죽겠단 말이야."

"하지만 조금만 기다리면 그들을 마주치지 않을 거 같은데."

"분명히 말해 두는데, 그 남자들에게 그런 예의를 베풀 생각은 전혀 없어. 그런 식으로 신경 써 줄 마음은 눈곱만치도 없다고. 그러니까 남자들이 버릇이 없어지는 거야."

캐서린은 이런 논리에 반박할 거리가 하나도 없었다. 그래서 소프 양의 독립심과 남성을 이기려는 결단력을 보이기 위해, 둘은 즉각 최대한 빨리 걸어 두 남자를 쫓아갔다.

── 《노생거 사원》

5월 8일

흔히들 말하는 대로 모든 언어와 미술과 과학을 완벽하게 익혀야 한다는 입장을 찬성하는 건 아니야. 시간 낭비니까. 여성이 프랑스어, 이탈리아어, 독일어, 음악과 노래, 그림 그리기 같은 걸 잘 해내면 박수는 좀 받을 수 있을지 몰라도, 그녀의 애인 목록에 남자가 하나 더 추가되는 건 아니지.

— **레이디 수전이 존슨 부인에게,《레이디 수전》**

5월 9일

1814년 이날, 오스틴의 세 번째 소설 《맨스필드 파크》가 출간되었다. 이 책에서 가장 한결같은 인물인 그랜트 부인에게서 지혜로운 말을 들어보는 걸로 이날을 기념하자.

"뭘 하든 늘 실망과 갈등을 조금씩 겪는 거란다. 우리는 너무 많은 걸 기대하는 경향이 있어. 하지만 그래도 하나의 행복이 무너지면, 사람은 본능적으로 또 다른 행복을 찾아 나서기 마련이야. 첫 번째 예상이 틀렸으면 두 번째는 더 잘하면 되지. 사람은 어디서라도 위안을 찾는단다."

— 그랜트 부인, 《맨스필드 파크》

5월 10일

샬롯 헤이우드가 처음으로 매력적인 클라라 브레레턴을 만나는 장면에서 예리한 독자들은 《노생거 사원》과 비슷한 분위기를 느낄 수도 있다. 그 소설의 주인공인 캐서린 몰런드도 현실과 소설 내에서 벌어지는 사건을 혼동하는 경향이 있으니까.

샬롯은 위트비 부인의 책장에 꽂힌 수많은 책의 여주인공들 가운데 가장 아름답고 가장 매혹적인 여주인공의 완벽한 모습을 [브레레턴 양에게서] 볼 수 있었다. 이는 어쩌면 샬롯이 방금 대여 도서관에서 막 나와서인지도 모르지만, 완벽한 여주인공과 클라라 브레레턴을 따로 떼어놓을 수가 없었다. 데넘 부인과 지내는 브레레턴 양이 처한 상황도 그 생각에 힘을 실었다! 마치 일부러 부당한 대우를 받기 위해 그런 상황에 놓인 것 같았다. 그런 미모와 매력을 지닌 아가씨가 그렇게 가난하고 의존할 데 없는 처지라니, 결국 어떤 방향으로 흘러갈지 이미 정해져 있는 것 같았다.

— 《샌디턴》

5월 11일

엘리자베스와 제인 베넷 그리고 마리아 루카스가 로징스에서 머물다가 집으로 가는 길에 여동생들과 만났던 시기가 바로 이 무렵이었을 것이다.

5월 둘째 주였다. 세 아가씨는 그레이스처치가(街)에서 하트 퍼드셔의 _____으로 함께 출발했다. 마침내 아버지의 마차가 도착할 예정인 여관에 도착하자, 마부가 정확히 시간을 지켰는지 캐서린과 리디아가 위층 식당 창가에서 밖을 내다보는 모습이 곧장 눈에 들어왔다. 〔……〕 둘은 언니들을 반갑게 맞이한 후, 주로 여관 주인이 제공하는 차가운 고기 같은 음식을 식탁 위로 자랑스럽게 늘어놓으며 외쳤다. "이 음식들 멋지지 않아? 언니들 깜짝 놀랐지?"

"모두에게 대접하고 싶었어." 리디아가 덧붙였다. "그런데 저기 가게에서 돈을 다 써버려서, 언니가 돈 좀 빌려줘야 해. 〔……〕 이것 좀 봐. 이 모자도 샀어."

── **《오만과 편견》**

5월 12일

월터 경은 망설이지 않고 제독이 여태까지 만난 해군 중 가장 잘생긴 남자라고 단언했고, 더 나아가, 자신의 남자 하인이 제독의 머리를 정돈해 줄 수만 있었다면 어디를 같이 다녀도 부끄럽지 않겠다고 했다.

― 《설득》

5월 13일

에마가 남녀를 맺어 주기 위해 개입하는 행동이 오히려 당사자들을 힘들게 할 때도 있지만, 그녀가 이렇게 애쓰는 이유는 사랑과 따뜻한 마음이라는 점은 그 누구도 부인할 수 없을 것이다. 이 대화문에서 에마는 해리엇 스미스에 대해 나이틀리와 물러서지 않고 논쟁을 벌여 그를 화나게 한다.

"내가 착각한 게 아니라면, 당신 같은 남성들은 일반적으로 그런 아름다움과 성격이 여성이 가질 수 있는 최고의 자질이라고 생각할걸요."

"세상에, 에마. 당신이 가진 이성으로 그렇게 막말하는 걸 듣고 있자니 정말 나까지 그럴듯하다고 생각할 지경이군요. 당신처럼 이성을 잘못 쓰느니, 아예 없는 게 낫겠어요."

— 《에마》

5월 14일

오스틴의 책에서 가장 자주 인용되는 문장 중 하나는 "결국 독서만큼 즐거운 건 없다고 확신해요!"라는 말이다. 책을 사랑하는 많은 사람이 동의하겠지만 이 인용문은 전후 관계와 상관없이 갑자기 등장하고는 한다. 진정한 오스틴 팬이라면 알고 있듯, 이 말은 사실 다소 성가신 인물인 캐롤라인 빙리가 한 말로, 그녀는 책 읽는 것보다는 오로지 다아시의 관심을 끄는 데만 열중한다.

빙리 양은 책을 읽으면서도 다아시가 어느 정도 읽고 있는지에 온통 신경을 집중하고 있었다. 그녀는 계속해서 그에게 말을 걸거나 그가 읽는 책을 들여다보았다. 하지만 다아시와는 그 어떤 대화도 이어나갈 수 없었다. 그는 묻는 말에만 짧게 대답하고 계속해서 독서를 이어갈 뿐이었다. 결국 빙리 양은 책을 재미있게 읽으려고 무던히 애를 써 봐도 도저히 안 되자 [……] 하품을 크게 하더니 이렇게 말했다. "저녁을 이렇게 보내니 얼마나 좋아요! 결국 독서만큼 즐거운 건 없다고 확신해요!"

— 《오만과 편견》

5월 15일

여름이 다가오면, 메리앤이 앞으로 몇 달간은 실연에 최고의 치료제인 자기 계발과 공부에 전념하겠다던 결단이 생각날지도 모르겠다.

"날씨가 괜찮아지고 내가 기운을 차리고 나면, 우리 매일 오랫동안 산책하러 가자. 〔……〕 올여름은 분명 행복하게 보내게 될 거야. 아침 여섯 시를 넘겨 일어나는 일은 절대 없을 거고, 정찬* 전까지는 음악과 독서를 번갈아 하며 시간을 최대한 활용할 거야. 계획도 다 세워 놨고 열심히 공부를 시작하겠다고 마음먹었어. 〔……〕 하루에 여섯 시간만 공부한다면 열두 달 동안 지금 나에게 꼭 필요하다고 느끼는 많은 지식을 얻을 수 있을 거야."

── 메리앤, 《이성과 감성》

* 주로 3시 30분에서 5시 사이였다.

5월 16일

메리 크로퍼드는 《맨스필드 파크》에서 아마도 가장 많이 인용되는 인물일 것이다. 경박하고 냉소적이며 때로는 날카로운 말을 번갈아 하는 그녀의 대화문은 정말이지 강렬하게 다가온다.

"남자고 여자고 간에 결혼할 때 안 속은 사람은 백 명 중 한 명도 없을걸요. 사방을 둘러봐도 다 마찬가지예요. 그리고 생각해 보면, 그렇게 될 수밖에 없는 거 같아요. 모든 거래 중에서도 상대방에게는 가장 큰 기대를 걸면서 자기 자신에게는 가장 정직하지 않은 게 결혼이잖아요."

― 메리 크로퍼드, 《맨스필드 파크》

⚜

5월 17일

1799년 이날 오스틴은 언니에게 보내는 편지에서 유쾌하고 신랄한 유머 감각을 드러낸다.

킹스다운 힐 아래에서 마차를 탄 신사를 한 명 만났는데, 자세히 살펴보니 홀 박사더라고. 어찌나 과한 상복을 입고 있는지, 어머니나 아내, 혹은 본인이 죽은 게 틀림없겠더라.

── **커샌드라 오스틴에게 보내는 편지, 1799년 5월 17일 금요일**

⚜

5월 18일

그는 자신의 이름이 윌로비라고 소개하며 현재 머무는 곳은 앨런햄이라고 밝혔다. 그리고 내일 다시 찾아와 대시우드 양의 안부를 묻는 영광을 허락해 달라고 간청했다. 그 요청이 기꺼이 받아들여지자, 그는 자신을 한층 더 매력적으로 보이게 하려고 비가 퍼붓는 와중에도 길을 나섰다.

── **《이성과 감성》**

5월 19일

오스틴의 소설들은 많은 페이지에 걸쳐 신중히 전개했던 모든 사건의 결말을 한 장으로 다소 급히 요약해 끝내는 경향이 있다. 《쥬베닐리아》 같은 초기 작품의 일부를 통해 우리는 오스틴이 처음으로 결론을 써 보려고 시도한 걸 볼 수 있다.

에마는 에드거가 떠났다는 소식을 듣고 눈물을 흘리지 않으려고 힘겹게 참았다. 윌모츠 가족이 떠날 때까지는 겨우겨우 침착함을 유지할 수 있었지만, 이제 그녀의 슬픔을 막을 수 없게 되자 울음을 확 터트렸고, 방으로 들어가 남은 인생을 눈물을 흘리며 보냈다.
 끝.

── 〈에드거와 에마〉, 《쥬베닐리아》

5월 20일

그들은 한동안 한 마디도 주고받지 않은 채 서 있었다. 그녀는 이 침묵이 춤을 두 번 출 정도로 이어지겠다는 생각이 들기 시작했고, 처음에는 침묵을 먼저 깨지 않으리라 다짐했다. 그러나 곧 그녀의 파트너가 입을 열도록 하는 게 더 큰 벌이 되리라는 생각이 들어 춤에 대해 짤막하게 언급했다. 그는 짧게 대답하더니 다시 입을 닫았다. 시간이 좀 흐르자, 그녀는 두 번째로 이렇게 말을 걸었다.

"다아시 씨, 이제 당신이 말할 차례예요. 제가 춤에 대해서 말했으니, 당신은 이 방의 크기라든지, 커플의 숫자라든지 뭐라도 예의를 갖춰서 말을 해야죠."

── 《오만과 편견》

5월 21일
국제 차(茶)의 날(International Tea Day)

오늘은 국제 차의 날이다. 비록 차를 마시는 일은 제인 오스틴의 소설에서 (그리고 특히 섭정 시대의 삶에서) 자주 등장하는 요소지만, 여기서 이 장면은 조금 특별한 즐거움을 안겨 준다. 바로 아서 파커가 누나들이 녹차를 두 잔이나 마시자 진저리치며 놀라는 장면이다.

"아니!"〔아서가〕 외쳤다. "저녁에 진한 녹차를 두 잔이나 마셔요? 그렇게 엄청난 용기가 있다니! 정말 부럽군요. 자, 제가 그런 차를 한 잔이라도 마신다면 어떤 일이 일어날 것 같습니까?"

"아마도 밤새도록 뜬눈으로 지내겠죠?" 샬롯은 그의 과장된 반응을 더 거창한 상상력으로 눌러버릴 심산이었다.

"아, 그 정도라면 얼마나 좋겠습니까!" 그가 흥분해 소리쳤다. "아니에요. 나에겐 마치 독약 같은 효과를 보입니다. 마시고 나서 5분도 안 되어 오른쪽 몸을 전혀 쓸 수 없게 되거든요. 믿기 힘들겠지만, 저한텐 너무 자주 일어나다 보니 의심할 수가 없을 지경입니다. 오른쪽 몸이 대여섯 시간 동안 완전히 마비되어 버립니다!"

"확실히 좀 이상하게 들리긴 하네요." 샬롯이 아무렇지도 않다는 듯 대답했다. "하지만 신체의 오른쪽과 녹차를 과학적으로 연구하고 그 상호 작용을 철저히 알고 있는 사람들은 그런 증상쯤은 아주 단순한 일이라는 걸 증명할 수도 있을 거예요."

─ 《샌디턴》

5월 22일

1801년 오늘 언니에게 쓴 이 편지에서 오스틴은 또다시 자신의 내성적인 면을 드러낸다. 그리고 손님 중 한 명에게 '모자를 정돈할*' 수 없었던 일을 농담조로 아쉬워하는 내용도 담고 있다. 이 표현은 《이성과 감성》에서 메리앤 대시우드가 존 경이 사용했다고 화를 내는 말로, 그녀는 이를 '역겨운' 표현이라고 말한다.

오늘 밤 여기서 작은 파티가 열릴 거야. 작은 파티는 정말 싫은데.—계속해서 신경을 써야 하잖아. 에드워즈 양과 그녀의 아버지, 버스비 부인과 그녀의 조카인 메이틀랜드 씨, 그리고 릴링스톤 부인이 다야.—메이틀랜드 씨는 이미 아내와 열 명의 자식이 있으니, 그 앞에서 내 검은 모자를 정돈할 일은 없겠네.

━ **커샌드라 오스틴에게 보내는 편지,**
 1801년 5월 21일 목요일~22일 금요일

이 편지의 추신에는 이렇게 적혀 있다.

〔버즈비 부인의〕 조카를 너무 끔찍하게 만들고 말았지 뭐야. 그는 자식이 열이 아니라 겨우 셋이래.

* set her cap, 18세기 영국에서 쓰던 고풍스러운 관용구. 외모를 단정히 하고 꾸민다는 의미에서 유래했다. 여성이 남자의 애정을 구해 결혼하려고 결심하다, 또는 구애하다는 뜻으로 쓰이기도 한다.

5월 23일

〔캐서린은〕 십 분 후, 틸니 씨가 〔……〕 보이자 기분이 좋아졌다. 틸니 씨는 그들이 앉은 곳에서 불과 몇 미터 앞에 있었는데, 이쪽으로 오는 것 같았지만 아직 캐서린을 보지 못했다. 그래서 그가 갑자기 다시 나타나는 바람에 캐서린의 얼굴이 붉어지고 미소가 떠오르는 모습은 그녀의 여주인공다운 품위를 떨어뜨리지 않은 채 그냥 넘어갈 수 있었다. 틸니 씨는 여전히 잘생겼고 쾌활해 보였고, 옷을 잘 차려입은 아름다운 아가씨와 흥미롭게 대화를 나누고 있었다. 그 아가씨는 틸니 씨의 팔에 기대어 있어 캐서린은 즉각 여동생이라고 짐작했다. 따라서 그가 이미 결혼한 몸이라 전혀 가능성이 없다는 생각은 바로 던져버렸다.

─《노생거 사원》

5월 24일

1813년 이날 쓴 이 매력적인 편지에서 오스틴은 언니에게 미술 전시회에 갔던 일을 쓰면서 초상화 중 자신의 책에 등장하는 인물들을 찾아보는 즐거움을 적었다.

헨리 오빠와 스프링 가든스에서 열린 전시회에 갔었어. 훌륭한 전시회는 아니었지만 정말 즐거웠어. 특히 (패니에게 말해줘) 빙리 부인을 꼭 닮은 작은 초상화가 있었거든. 나는 그녀의 언니의 초상화도 볼 수 있길 바랐지만, 다아시 부인은 없었어.—하지만 어쩌면 우리가 시간이 된다면 가게 될 그레이트 전시회에서 찾을 수 있을지도 모르니까. [……] 빙리 부인은 [초상화는] 키나 얼굴형, 이목구비며 사랑스러움까지 완전히 그녀 자체였어. 그보다 더 닮을 수는 없겠더라. 그녀는 흰색 드레스를 입고 초록색 장식품을 달고 있었어. 초록색을 가장 좋아할 거라고 믿었던 내 생각을 확신하게 됐지. D 부인은 분명 노란색 옷을 입고 있을 거야.

— **커샌드라 오스틴에게 보내는 편지, 1813년 5월 24일 월요일**

⚜

5월 25일

"난 도저히 앤 언니 없이는 지낼 수 없어"가 메리의 논리였다. 엘리자베스의 대답은 이랬다. "그러면 앤은 여기 있는 게 낫겠다. 어차피 바스에서 찾는 사람도 없잖아."

— 《설득》

⚜

5월 26일

"해리엇, 내가 매력적이라고 해서 결혼을 결심하진 않아요. 상대방에게 매력을 느껴야지.—적어도 한 명에게는. 그리고 난 지금 결혼 계획이 없을 뿐 아니라 그럴 마음이 아예 없어요."

— 《에마》

5월 27일

오스틴은 건강이 점점 나빠졌지만 1817년 이날, 조카인 에드워드*에게 편지를 쓰며 그래도 앞으로 나아지기를 희망하고 친구들과 가족이 정성껏 돌봐 주는 데 고마움을 표시하고 있다.

사랑하는 에드워드, 내가 아파서 고생하는 동안 그렇게나 다정하게 나를 걱정해 주다니, 정말 고맙구나. 내가 계속해서 나아질 거라고 하루빨리 너에게 전하는 것이 좋을 거라 생각해. […] 만약 네가 언젠가 아프게 되더라도, 내가 받았던 것처럼 정성 가득한 간호를 받길 바랄게. 걱정 근심을 덜어 주고 마음을 같이 해 주는 친구들이 곁에 있는 복이 있길.—나는 분명 네가 그러리라 생각해.—그들의 사랑을 받을 자격이 있다는 생각, 바로 그 가장 큰 복을 네가 누리기를 바란다.

**— 제임스 에드워드 오스틴에게 보내는 편지,
1817년 5월 27일 화요일**

---

* 제임스 에드워드 오스틴. 제인 오스틴의 첫째 오빠 제임스 오스틴의 아들이다. 편지를 쓸 당시 제인 오스틴은 41세, 조카 에드워드는 18세였다.

5월 28일

오스틴의 남아 있는 편지 중 가장 마지막에 쓰인 편지는 끝까지 긍정적이고 희망적인 내용을 담고 있다. 불과 사망하기 6주 전에 쓰인 이 최후의 문장들은 그녀의 팬이라면 누구나 바라듯, 우울하거나 슬픔에 젖어 있지 않고 누군가의 너무 짧은 페티코트를 살짝 놀리는 내용이다. 최후까지도 밝고 재미있고 날카로운 그녀였다.

언니는 내게 용기를 북돋아 주고 완전히 나을 거라 말해 주네요. 주로 소파에서 지내지만, 방에서 방으로 이동하는 정도는 허락받았어요. 한번은 의자 가마를 타고 밖으로 나가기도 했고, 날씨만 허락한다면 승격돼서 바퀴 달린 의자를 탈 거 같아요. 이 문제에 관해서는 내가 가장 사랑하는 언니, 다정하게 신경 써 주고 지칠 줄 모르고 간호해 주는 언니가 애를 쓰느라 건강을 잃지 않았다는 것만 말할 수 있겠네요. 언니가 이렇게 도와주고 사랑하는 가족이 모두 걱정하며 보살펴 주니, 나는 그저 눈물을 흘릴 수밖에 없고 그들에게 축복에 축복을 더하게 해달라고 하나님께 기도할 수밖에 없어요.

[······]

  곧 ____ 대위가 꽤나 성실하고 선의에 충만한 사람임을 알게 될 거예요. 매너는 좀 부족한 편이지만, 그의 아내와 여동생 모두 유쾌하고 다정한 사람들이지요. 나는 (유행에 괜찮다면) 그들이 작년보다는 좀 더 긴 페티코트를 입길 바랄 뿐이에요.

— **프랜시스 틸슨*에게 보내는 편지,**
   1817년 5월 28일 수요일~29일 목요일

* 은행 일로 알게 된 인물로 제인 오스틴의 가족과 친밀한 사이였다.

5월 29일

〔베넷 부인이〕 덧붙였다. "하지만 걱정 마세요, 콜린스 씨. 엘리자베스는 이성을 되찾게 될 거예요. 내가 직접 나서서 그 애에게 말할게요. 고집이 엄청나게 세고 어리석은 아이니, 자기한테 뭐가 좋은지를 몰라요. 하지만 제가 알아듣게 말하겠어요."

"부인, 저, 말씀 중에 죄송합니다." 콜린스가 다급히 말했다. "하지만 만약 엘리자베스 양이 정말 고집불통이고 어리석은 여성이라면, 결혼 생활에서 으레 행복을 찾길 바라는 저 같은 성향의 남자에게, 정말 바람직한 아내감인지 모르겠군요."

── 《오만과 편견》

5월 30일

"러시워스 씨," 레이디 버트럼이 말했다. "나 같으면, 아주 예쁜 관목숲을 조성하겠어요. 날씨가 맑을 때 관목숲을 산책하면 좋잖아요."

러시워스는 자신도 그 의견에 전적으로 동의한다고 하면서도 뭐라도 듣기 좋은 말을 하고 싶었다. 하지만 그녀의 취향을 인정하는 것과 자신도 원래부터 그런 생각을 해 왔다는 점, 더 나아가 모든 숙녀의 안부에 관심을 두고 있지만, 그가 정말로 기쁘게 해 주고 싶은 사람은 단 한 명이라는 점도 넌지시 비추려 하다 보니 무슨 말을 어떻게 해야 할지 당혹스러움만 커졌다. 결국 에드먼드가 와인을 권하며 그의 말을 끝낼 수 있어 다행이었다.

— 《맨스필드 파크》

⚜

5월 31일

5월의 마지막 날은 오스틴의 초기작 중 하나에서 발췌해 보자. 언니인 커샌드라에게 헌정한 이야기로, 아마도 그래서 언니의 이름을 사용했을 것이다. 아래의 문장이 4장의 전부다.

그리고 그녀는 제과점으로 가서 아이스크림 여섯 개를 꿀떡꿀떡 삼키고는 돈을 내길 거부하더니, 제빵사를 때려눕히고 그대로 걸어 나갔다.

— 〈아름다운 커샌드라〉, 《쥬베닐리아》

6월
JUNE

여름이 왔다. 비록 오스틴 시대에 6월은 흔히 건초를 만드는 시기로 여겨졌지만, 우리에게는 결혼 철로 확고히 자리를 잡았다. 이 점을 염두에 두고, 오스틴의 작품에서 독자들에게 큰 사랑을 받았던 결혼식 장면을 몇 곳 방문해 볼 것이다. 또한 《에마》에서 주인공에게 자신과 주변 인물들에 대해 많은 것을 깨닫게 해 주는 (6월 13일, 16일, 20일 참고) 중심 사건인 박스 힐로 소풍 가는 장면을 읽지 않고는 오스틴의 세계에서 6월을 기념하는 건 불가능할 것이다. 만약 이번 달에 참석해야 할 결혼식이 없다면, 즐거운 소풍이 훌륭한 대안이 될 것이다. 다만, 다른 사람의 감정을 배려하지 않고 너무 자유롭게 말하지 않도록 조심하자.

부정기 축제일

아버지의 날(Father's Day)

대체로 6월의 셋째 주 일요일에 기념하는 아버지의 날은 살면서 만나게 되는 다양한 아버지상을 기념할 기회다. 안타깝게도 오스틴의 소설에 등장하는 가장들에게는 다소 부족한 점이 있긴 하다. 가령, 월터 엘리엇 경은 "자만심 강한 한심한 아버지"(《설득》)이고 《노생거 사원》의 틸니 장군은 무서웠다가 독선적이었다가를 왔다 갔다 하는 인물이다. 그렇지만 찬찬히 되새겨 볼 만한 장면들도 더러 있다. 괴짜 같은 면과 건강 염려증이 있지만 《에마》의 우드 하우스 씨는 딸들을 지극히 아낀다. 《맨스필드 파크》의 토마스 버트럼 경은 초반에는 바람직한 모습을 보이지 않았지만, 자녀들과 패니 프라이스를 점점 더 아끼고 응원해 주는 아버지상으로 성장한다.

6월 1일

이런 계획과 희망, 묵인의 상태로 하트필드는 6월을 맞았다.

— 《에마》

6월 2일

결혼 시즌으로 들어선 김에, 건강 염려증이 있는 우드하우스 씨를 떠올려 보자. 그는 웨딩 케이크를 유난히 꺼리기 때문에 그런 자리가 언제나 쓰라린 경험이 될 수밖에 없다.

[우드하우스 씨의] 소화 능력은 기름진 음식은 전혀 감당할 수 없었기에 다른 사람들이 자신과 다를 거라는 생각은 추호도 하지 않았다. 자신의 건강에 안 좋은 것이라면, 모든 이에게 해로울 거라 여겼다. 그래서 그 어떤 웨딩 케이크라도 먹지 않는 게 좋다고 사람들을 설득하려 했으나 그 모든 노력이 수포로 돌아가자, 누구든 입에 대지 못하게 부지런히 쫓아다녔다. 우드하우스 씨는 수고스럽게도 이 문제를 두고 약사인 페리 씨와 상의해 왔다. 페리 씨는 식견을 가진 신사다운 인물로, 그가 집을 자주 방문하는 것이 우드하우스 씨에게는 마음의 위안이 되었다. 상담을 마친 후, 페리 씨는 [……] 웨딩 케이크를 적당히 먹지 않으면 많은—아마도 대부분 사람에게—안 좋을 수 있다는 점을 인정할 수밖에 없었다.

— 《에마》

6월 3일

3월에도 봤듯, 제인 오스틴 작품 속 어머니상은 약간 부족한 면이 있지만, 레이디 수전만큼 무자비하게 공공연히 딸을 음해하고 냉담하게 대하는 인물은 없다.

딸이 자기 상황을 최대한 불쾌하게 느꼈으면 좋겠어. 〔……〕 어떤 엄마들은 딸에게 처음으로 그런 혼사가 들어왔을 때 단번에 받아들이라고 강요할 테지만, 나는 프레더리카가 저렇게 진심으로 싫어하는데 억지로 강요할 순 없었어. 그렇게 가혹한 수단을 쓰느니 그 애의 삶을 철저히 고통스럽게 만들어서 그 애가 어쩔 수 없이 받아들이겠다고 스스로 선택하게 할 거야. 하지만 지겨운 딸 얘긴 이걸로 됐다.

— **레이디 수전이 존슨 부인에게, 《레이디 수전》**

6월 4일

결혼식 장면을 더 살펴보자. 오늘은 마리아 버트럼과 러시워스가 그다지 감동적이라고 하기는 힘든 결혼식을 올리는 장면을 읽어 본다.

결혼식은 더없이 무난하고도 알맞게 치러졌다. 신부는 우아한 드레스를 입었고 두 들러리는 의례대로 신부의 격을 돋보이게 하며 한발 물러섰다. 아버지는 딸의 손을 잡아 신랑에게 건네주었고, 어머니는 너무 흥분할 순간을 대비해 손에 소금 약통*을 들고 서 있었다. 숙모는 눈물을 억지로라도 흘리려 애썼다.

— 《맨스필드 파크》

* 영국 섭정 시대 때는 기절하거나 불안할 때 사용하기 위해 각성제 통에 암모니아 염분을 넣고 다녔다. 또는 집중력을 높일 때나 두통을 경감시키는 용도로도 사용되었다.

6월 5일

《이성과 감성》에 등장하는 존 경은 대화 때마다 어느 정도의 희극적인 요소(그리고 민망하기도 한)를 꼭 넣고는 한다. 메리앤이 언덕에서 넘어져 매력 만점인 윌로비를 만나게 (그리고 도움을 받게) 되자, 존 경은 메리앤의 언니인 엘리너에게 이렇게 현명한 조언을 건넨다.

"그럼. 그럼. 엘리너 양, [윌로비는] 잡을 만한 가치가 충분한 사람이오. 게다가 서머싯셔에 자기 소유의 아름다운 작은 영지도 갖고 있다고. 내가 엘리너 양이라면, 동생이 언덕에서 굴렀대도 그를 양보하지 않을 거요. 아무리 메리앤 양이라도 남자를 전부 혼자 독차지하려고 하면 못써요."

— **존 경이 엘리너 대시우드에게, 《이성과 감성》**

6월 6일

지루하기 짝이 없는 콜린스에게 청혼을 받은 후, 엘리자베스는 아버지의 부름을 받았다. 물론 우리는 장난기 넘치는 베넷 씨가 전형적인 아버지다운 반응을 보이리라고는 절대 기대해서는 안 된다.

"애야, 이리 오렴." 엘리자베스가 등장하자 [베넷 씨가] 외쳤다. "내가 너에게 중요한 일로 할 말이 있구나. 콜린스 씨가 청혼했다지. 그게 사실이냐?" 엘리자베스는 사실이라고 대답했다. "그렇구나. 그러면 너는 이 청혼을 거절한 거니?"
"네, 아버지."
"그렇구나. 이제 핵심으로 들어가 보자. 네 어머니가 너보고 청혼을 받아들이라고 강요했지. 그렇지 않나요, 베넷 부인?"
"그랬죠. 안 그러면 나는 이 아이를 다시는 보지 않을 작정입니다."
"엘리자베스, 공교롭게도 네 앞에는 두 가지 선택지가 놓여 있구나. 오늘날 이후로 너는 네 부모 중 하나와는 인연을 끊어야 한다.—네가 콜린스 씨와 결혼하지 않으면, 네 어머니는 너를 다시는 보지 않을 거다. 그리고 나는 네가 결혼을 한다면, 너를 다시는 보지 않으마."

엘리자베스는 웃음을 터뜨리지 않을 수 없었다.

— 《오만과 편견》

6월 7일

[앨런 부인은] 별생각이 없고 깊이 사고하는 능력도 없는 사람이기에 결코 말이 많은 편은 아니었지만 그렇다고 완전히 입을 다물고 있는 사람도 전혀 아니었다. 그러므로 바느질을 하면서 바늘을 잃어버리거나 실을 끊어트리거나 혹은 거리에서 마차 지나가는 소리를 듣거나 가운에 무언가 묻은 걸 본다면, 그녀에게 기꺼이 대답해 주는 사람이 있든 말든 큰 소리로 이야기했다.

— 《노생거 사원》

6월 8일

에마 우드하우스는 최대한 예의 바르게 행동하려고 하지만, 이따금 그녀의 활기찬 성격과 감정 표현을 크게 폭발시킬 때가 있다.

"제발이지, 그만! 내가 사람들에게 나이틀리 집안 전체를 다 합쳐서 떠든다 해도, 제인 페어팩스 얘기를 하는 거에 반밖에 지겹게 만들지 않을 것 같아. 제인 페어팩스란 이름만 들어도 넌더리가 날 지경이야. 제인이 보내오는 편지마다 마흔 번은 읽어대고, 칭찬이란 칭찬은 끝도 없이 반복되고. 이모에게 가슴에 다는 옷 장식을 보낸다든지, 할머니에게 가터* 한 쌍만 뜨개질해 보내도 세상에 그런 난리가 없지, 한 달 내내 그 얘기만 한다니까. 제인 페어팩스가 잘 지내길 바라지만, 진짜 지겨워 죽을 거 같아."

── 《에마》

* 스타킹이 흘러내리지 않게 잡아주는 밴드.

⚜

6월 9일

결혼에 관한 이야기들 가운데 《맨스필드 파크》에 나오는 그랜트 부인이 이 주제에 대해 뭐라고 말하는지 살펴보자.

"젊은 사람들이 결혼에 대해 무슨 말을 하든 별로 신경 안 쓴단다. 결혼이 내키지 않는다고 말하는 사람은 아직 자기 짝을 못 만나서 그런 거야."

─ 《맨스필드 파크》

⚜

6월 10일

우드하우스 씨가 말했다. "그야 당연하지. 그렇고말고.─웨스턴 부인, 그 딱한 사람이 우리를 참 자주 보러 온답니다.─하지만 늘 금방 다시 돌아가야 하지요."

"아버지, 웨스턴 부인이 일찍 가지 않으면 웨스턴 씨가 아주 힘들잖아요. 불쌍한 웨스턴 씨의 입장을 자꾸 잊으시네요."

─ 《에마》

6월 11일

에마 왓슨은 언니로부터 톰 머스그레이브의 매력에 대해 주의를 받긴 했지만, 그리 눈에 띄는 인상은 받지 못했다.

"엘리자베스, 그 사람 영 별로야. 그의 외모나 분위기는 괜찮은 것 같아. 매너도 어느 정도 좋고 언변도 나쁘지 않지만, 존중할 만한 점은 못 찾겠네. 오히려 허영심 많고 자만심이 가득한 데다 눈에 띄려고 터무니없이 안절부절 어쩔 줄을 모르던데. 그리고 눈에 띄려고 하는 행동 중에는 정말 경멸할 수밖에 없는 것들이 있어. 어이없는 면이 있어서 웃기긴 한데, 같이 있으면 하나도 즐겁지 않아."

— 에마 왓슨, 《왓슨 가족》

6월 12일

무도회에 엘턴 부인 다음으로 들어가는 수모(4월 12일 참조)를 이미 겪은 에마는 웨스턴 씨가 콧대 높은 엘턴 부인을 박스 힐로 놀러 가는데 초대했다는 사실을 알고 더 좌절한다.

에마의 감정이란 감정은 다 상처받았고, 겉으로는 찬성하는 것처럼 행동했지만, 과할 정도로 친절한 웨스턴 씨의 성품에 대해서는 혼자 가혹하게 판단하고 싶은 갈등이 일었다.

"내가 한 일을 찬성해 주니 기쁘군요." 그는 아주 기분 좋게 말했다. "뭐, 그럴 줄 알았지. 이런 일에 사람이 적으면 의미가 없잖아요. 사람이 많을수록 더 즐거운 법이지요. 그리고 엘턴 부인은 어쨌든 성품이 좋은 여성이니까요. 그녀를 빼놓을 순 없지요."

에마는 겉으로는 입을 다물고 반대하지 않았지만, 속으로는 하나도 동의할 수 없었다.

— 《에마》

6월 13일

〈사랑과 우정〉은 1790년 이날, 제인 오스틴이 열네 살이라는 어린 나이에 완성한 서간체 소설이다. 이 장면에서 등장인물들은 친구인 어거스터스가 체포되었으며, 그들이 모두 함께 살고 있는 그의 집이 압수될 거라는 소식을 듣게 된다.

이렇게 비할 바 없이 잔인한 일이 끝을 보려는지, 집에서 곧 압류가 진행될 거라는 통보를 받았다. 아! 우리가 무슨 행동을 더 할 수 있었겠나! 우리는 한숨을 내쉬며 소파로 기절하듯 쓰러졌다.

— 〈사랑과 우정〉, 《쥬베닐리아》

6월 14일

여름밤은 차갑고 산뜻한 와인을 즐기기에 최고의 계절이다. 하지만《노생거 사원》의 소프 씨가 말하는 와인을 마셨다는 상황은 사뭇 다른 성격인 듯하다.

"그리고 옥스퍼드에서는 와인을 엄청나게 마신다는데요."
〔캐서린이 말했다.〕
 "옥스퍼드! 장담컨대 요새 옥스퍼드에서는 와인을 마시지 않습니다. 아무도 안 마시죠. 기껏해야 4파인트를 넘기게 마시는 사람은 좀처럼 만나기 힘들걸요. 이를테면, 내 방에서 열렸던 지난번 파티에서 놀라운 일이 있었는데, 우리는 1인당 평균적으로 5파인트 정도의 잔을 비웠지요. 평소에는 있을 수 없는 일로 여기던데요."
 〔……〕
 캐서린은 〔……〕 옥스퍼드에서는 정말로 와인을 많이 마신다는 생각을 더 확고히 하며 방을 나갔다.
—**《노생거 사원》**

6월 15일

박스 힐로 여행 가는 계획이 구체화되어 가는 듯했지만, 갑작스레 계획이 엉망이 되자 에마 일행은 어쩔 줄을 모른다. 다행히도 늘 그렇듯 나이틀리가 수습에 나선다.

이제 6월 중순이고 날씨는 화창했다. 엘턴 부인은 날짜를 정하고 웨스턴 씨와 상의해 비둘기 파이와 차가운 양고기 요리로 메뉴를 빨리 결정하고 싶어 조바심을 냈다. 그런데 갑자기 마차를 끄는 말이 발을 절게 되는 바람에 계획에 큰 차질이 생겼다. 말이 다시 달릴 수 있을 때까지 몇 주가 걸릴 수도, 겨우 며칠이 될 수도 있었다. 그러니 어떤 준비도 시작할 수가 없고 분위기는 우울하게 가라앉았다. 엘턴 부인의 성품은 이렇게 별안간 닥친 일에 대처하기에 부족한 면이 있었다.

"나이틀리, 정말이지 짜증 나는 일 아니에요?" 그녀가 외쳤다. "놀러 다니기에 완벽한 날씬데! 이렇게 일정은 늦어지고 실망하게 되니 정말 기분이 안 좋네요. 우리 어떡하죠?"

[……]

"돈웰로 놀러 가면 되겠네요." 나이틀리가 대답했다. "거기는 말이 없어도 갈 수 있으니까요. 가서 제 딸기밭에서 딸기 좀 드시죠. 아주 잘 익었습니다."

〔……〕 돈웰은 딸기밭으로 유명했기에 풍성히 달린 딸기가 마치 빨리 수확해 달라고 유혹의 손길을 보내는 것 같았지만, 사실 그럴 필요도 없었다. 어딘가로 놀러 가기만을 손꼽아 기다리던 엘턴 부인은 양배추밭이라도 혹해서 갈 판이었으니까.

— 《에마》

6월 16일

"내가 70년이라는 세월을 살아오면서 약 처방은 두 번 이상 받은 적이 없고 평생 아파서 의사를 만난 적은 한 번도 없네요. 그리고 우리 불쌍한 해리 경도 의사를 만나지 않았다면 아직 살아 있을 거라고 확신합니다. 남편을 저세상으로 보낸 의사는 진료비를 열 번이나 꼬박꼬박 받아 갔어요. 파커 씨, 제가 부탁하는데 여기에 의사는 필요 없습니다."

— **데넘 부인, 《샌디턴》**

6월 17일

하지만 이제 〔……〕 버논 부인의 남동생이 와서 식구가 늘었어. 그는 잘생긴 젊은 청년이니 나한테 즐거운 일이 생기겠지. 그에게는 흥미를 끄는 뭔가가 있는데 약간 건방지고 지나치게 친근한 면이 있어서 내가 좀 고쳐 주려고 해. 쾌활하고 명석해 보이기도 하고. 그의 누나가 친절히 알려 준 것보다 나를 더 존경하게 만들 수 있다면, 재미있게 놀 수 있는 상대가 될지도 몰라.

— 레이디 수전이 존슨 부인에게, 《레이디 수전》

6월 18일

오스틴의 작품 속에서 청혼 장면은 감정 고백과 고조된 감정을 동반하지만, 샬럿 루카스와 콜린스가 맺은 합의처럼 덜 낭만적인 경우도 있다.

샬럿은 제법 침착했다. 그녀는 결론을 냈고 생각할 시간도 충분히 가졌다. 대체로 만족스럽다고 생각했다. 분명 콜린스는 합리적이지도 쾌활하지도 않은 인물이었고, 게다가 같이 지내기에 불쾌하고 그가 그녀에게 보이는 감정은 분명 진짜가 아닐 것이다. 그래도 그는 그녀의 남편이 될 것이다.—남자 또는 결혼이라는 제도에 큰 기대를 품은 적이 없었지만, 결혼은 언제나 그녀의 목표였다. 재산은 적지만 훌륭한 교육을 받은 젊은 여성에게는 오직 결혼만이 훌륭한 대비책이 될 수 있었다. 과연 행복할 수 있을지는 불분명하더라도 제한적인 수단을 가진 여성으로서는 최고의 선택이었다. 스물일곱이란 나이에 용모가 아름답지 않은 그녀는 이제 행운을 잡았다고 느꼈다.

— **《오만과 편견》**

6월 19일

박스 힐에서 소풍을 즐기던 중, 프랭크 처칠은 모인 일행에게 에마를 즐겁게 해 주자며 교만하게도 모두에게 재미있는 얘기를 해 보라고 한다. 우리의 여주인공 에마는 들뜬 분위기에 사로잡혀 친구 중 한 명에게 부적절한 농담을 하고 만다.

"저를 제외하고 모두 일곱 분이군요. (우드하우스 양은 제가 이미 그녀를 재미있게 해 줬다고 했습니다) 여러분이 한 명씩 우드하우스 양에게 산문이든 운문이든, 스스로 지어낸 것이든 인용한 것이든, 아주 기발한 말을 하나씩 하는 겁니다.—또는 적당히 기발한 편이라면 두 문장을 말하고—아주 재미가 없으면 세 개를 말하는 거예요. 그러면 우드하우스 양은 어떤 말이든 다 들어주고 진심으로 웃을 거랍니다."

"와! 우리 그렇게 해 봐요." 베이츠 양이 외쳤다. "그러면 저는 걱정할 필요가 없겠네요. '아주 재미없는 문장 세 개'는 제가 할 수 있을 거 같으니까요. 저는 입만 열면 재미없는 말만 하잖아요. 안 그래요?"—(그녀는 이 말에 모두가 동의할 거라는 유쾌한 기대감을 갖고 주위를 둘러보았다)—"그렇다고 생각하지 않으세요?"

에마는 도저히 입을 다물고 있을 수가 없었다.

"아! 베이츠 양, 하지만 그건 어렵겠네요. 죄송하지만—말해야 할 문장에 정해진 숫자가 있잖아요.—한 번에 세 문장만 말할 수 있어요."

베이츠 양은 교묘하게 정중한 것처럼 가장한 에마의 말투에 속아 즉시 말뜻을 알아채지 못했다. 하지만 그 말의 진짜 의미를 번뜩 깨닫게 되자, 상처를 받고 얼굴이 약간 빨개졌지만 화를 낼 수는 없었다.

"아! 그렇군요. 그렇고 말고요. 에마가 무슨 말을 한 건지 알겠네요. (나이틀리 씨를 돌아보며) 그럼 저는 입을 다물고 있을 게요. 제가 정말 한심한 말을 했나 봐요. 안 그러면 에마가 오랜 친구에게 저런 말을 할 리가 없으니까요."

── 《에마》

6월 20일

제인 오스틴이 편지 쓰기를 얼마나 좋아하는지는 여러 편의 서간체 작품을 담고 있는 《쥬베닐리아》에 분명히 드러난다.(후에 서간체 소설인 《레이디 수전》을 집필하면서 다시 이 스타일로 돌아온다) 초기작 중 하나인 〈아멜리아 웹스터〉에서 한 등장인물은 여동생을 위해 남편감을 확보하려고 편지를 보낸다.

[내 여동생들은] 둘 다 훌륭한 아가씨들입니다. 특히 모드는 당신의 아내로 정말 손색이 없을 거라 생각합니다. 이 의견에 대해 어떻게 생각하시나요? 모드는 일 년에 2,000파운드를 받을 예정이고 당신이 원하는 만큼 더 받을 수 있을 겁니다. 만약 당신이 그녀와 결혼하지 않는다면 조지 허비의 기분을 대단히 상하게 하는 겁니다.

— 〈아멜리아 웹스터〉, 《쥬베닐리아》

6월 21일

일 년의 중간이자 낮이 가장 긴 하지(주로 6월 21일 경이다)를 맞아 하이버리 주민들이 돈웰 애비와 박스 힐로 놀러 가기로 한 것은 자연스러운 일일 것이다. 물론 화창한 날씨와 따뜻한 기온에도 불구하고 세심한 주의가 필요한 우드하우스 씨의 건강 상태로는 행사에 전혀 참여할 수 없었다.

[그] 말이 부상에서 빨리 회복되자 박스 힐로 가려던 계획은 다시 긍정적으로 논의되기 시작해, 마침내 돈웰로 가는 날짜가 정해졌고 박스 힐은 그다음 날 가기로 했다.—마침 날씨도 완벽했다.

거의 한여름 같은 날씨에 눈부신 한낮의 태양 아래, 우드하우스 씨는 마차를 타고 한쪽 창문을 내린 채, 야외 소풍 장소에 안전하게 도착했다. 그리고 특별히 그를 위해 아침 내내 벽난로 불을 피워 따뜻하게 준비한 돈웰 애비의 가장 아늑한 방에서 편안하게 여장을 풀었다.

— 《에마》

6월 22일

〔윌로비가〕 등장하면, 〔메리앤은〕 시선을 전혀 다른 곳으로 돌리지 않았다. 그가 하는 행동은 다 옳았고, 그가 하는 말은 다 재치 만점이었다. 공원에서 저녁 시간에 카드놀이를 하게 되면 그는 자신은 물론 나머지 일행도 속여 그녀에게 좋은 카드가 돌아가게 했고, 밤의 즐거움이 춤이라면 절반은 둘이서만 파트너로 추었고, 몇 번 떨어져서 춤을 추게 되면 신경 써서 가까이 붙어 둘이서만 속닥거렸다.

— 《이성과 감성》

6월 23일

오스틴의 초기 작품 중 하나에서, 아름다운 엘리자는 《레이디 수전》의 이미지를 떠오르게 한다. 엘리자의 주변 신사들도 하나같이 그녀의 매력에 빠져 맥을 못 춘다.

레이디 해리엇의 연인인 세실 씨는 그녀의 가족과 자주 어울리면서 엘리자와도 같이 있을 때가 많았다. 그러면서 서로의 사랑이 싹텄고 세실 씨가 먼저 마음을 고백하자 엘리자는 비밀 결혼에 동의하게 되었다. 이 결혼은 쉽게 이루어질 수 있었는데, 공작부인의 가정 사제가 엘리자에게 매우 깊이 빠져 있었기 때문에, 그녀를 위해서라면 무엇이든 할 거라는 확신이 있었기 때문이다.

— 〈헨리와 엘리자〉,《쥬베닐리아》

6월 24일

"이 세상에서 내가 정말 사랑하는 사람은 손가락으로 꼽을 정도고, 내가 존경하는 사람의 수는 더 적어. 세상을 알아 갈수록 실망만 더 커져. 모든 인간의 특성에는 모순이 있다는 나의 믿음, 그리고 덕행이든 지성이든 겉으로 드러난 걸 믿을 수 없다는 믿음만 날로 확고해져 가."

— 엘리자베스 베넷, 《오만과 편견》

6월 25일

엘리자베스는 그 말을 듣고 어쩔 수 없이 크게 흥분했지만, [아버지의 빚에 대해] 무엇을 해야 할지 진지하게 고민한 다음, 마침내 두 가지 절약 방법을 제안했다. 우선 불필요한 일부 기부금을 중단할 것, 그리고 응접실에 새로운 가구를 들이지 말자는 것이었다. 나중에는 매년 앤에게 선물을 주던 것도 그만둬야겠다는 말을 덧붙였다.

— 《설득》

6월 26일

오스틴은 글을 쓰지 않을 때는 조카와 놀아 주는 다정한 이모였다. 그녀의 조카 패니 나이트는 자신의 일기에서 이모에 대해 애정을 담아 기록했다. 1805년 이날, 패니는 이모들과 할머니, 가정 교사와 함께 학교 역할극 놀이를 했던 일을 기록하고 있다.

6월 26일 수요일. 이모들과 할머니가 우리와 함께 학교 놀이를 했다. C〔커샌드라〕 이모는 교장 선생님인 티첨 부인이었고, 제인 이모는 포팸 선생님이었고, 해리엇 이모는 하녀 샐리, 샤프 양은 춤 선생님이자 약제사 그리고 하사관을 맡았다. 할머니는 파이를 만드는 베티 존스, 엄마는 해수욕장 안내인 여자 역할을 했다. 모두 각자 역할에 맞는 옷을 입었고, 우리는 최고로 재미있는 날을 보냈다.

— **패니 나이트의 일기, 클레어 토말린의 《제인 오스틴: 삶》에서 발췌**

6월 27일

《맨스필드 파크》의 메리 크로퍼드의 재담은 성적으로 노골적이라고 할 수 있는 유머를 아슬아슬하게 줄타기하듯 해 종종 눈살을 찌푸리게 하지만, 지나치게 형식적이고 올바르다고 할 수 있는 패니 프라이스와 비교해 유쾌한 대조를 이룬다.

"그 많고 많은 해군 장성들이라면 내가 할 말이 아주 많죠. 그들과 그들의 깃발, 급여 체계 그리고 다툼과 질투에 대해. 하지만 일반적으로는 승진에서 빠지고, 가혹한 대우를 받는 경우가 많아요. 삼촌 집에서 이런저런 제독들을 많이 만났어요. 후방 제독*이니 부제독**이니, 아주 진절머리가 날 지경입니다. 자, 제발 저의 말장난이라고 의심하지 마세요."

── 《맨스필드 파크》

* Rear Admiral은 해군 소장, 해군의 하급 제독이라는 뜻이나, rear라는 단어가 뒷부분, 배후라는 뜻인 점을 생각해 말장난한 것이다. 당시 영국 해군은 남색 문제로 시끄러워졌기 때문이다.
** Vice Admiral은 해군 중장이라는 뜻이나, vice가 범죄, 악덕, 부도덕이라는 뜻인 점을 노리고 말장난을 한 것이다.

6월 28일

우리가 지금까지 봐 왔듯 건강 염려증은 제인 오스틴의 작품에 반복해서 나오는 주제다. 다음은 앤 엘리엇의 동생인 메리가 끊임없이 아프다며 남편과 주변 모든 사람의 진을 빼놓는 장면이다.

"메리가 늘 아프다고만 생각하지 않게 좀 설득해 줬으면 좋겠네요." 찰스가 했던 말이었다. 그리고 메리는 언짢은 목소리로 이렇게 말하는 것이었다. "찰스는 내가 다 죽어가도 나한테 무슨 문제가 있다고는 절대 생각하지 않을 거야. 앤 언니, 언니는 마음만 먹으면 내가 진짜 아프다고, 이렇게 아파 본 적이 없다고 찰스를 설득할 수 있잖아."

— 《설득》

6월 29일

사실 여러 사정으로 한곳에 오래 머물러야 했던 에드워드 경은 그에게 맞지도 않는 감상적인 책을 너무 많이 읽었다.

── 《샌디턴》

6월 30일

제인의 초기작 〈사랑과 우정〉에서 화자인 로라는 조용하기만 했던 자신의 성장 환경을 한탄한다.

아! (내가 외쳤다) 나와 결코 마주칠 수 없는 이러한 불행을 어찌 피한단 말인가? 런던의 방탕함, 바스의 화려함, 또는 사우샘프턴의 고약한 생선 냄새를 경험할 가능성은 정녕 없단 말인가? 나는 내 젊고 아름다운 날들을 우스크 계곡에 있는 초라한 오두막에서 허비해야 할 운명이란 말인가.

── 〈사랑과 우정〉, 《쥬베닐리아》

7월
JULY

———

태양이 하늘 높이 솟아 있고 날씨가 더워지면서 7월은 《샌디턴》의 등장인물들 조언대로 바다로 떠나기에 분명 가장 좋은 달이다. 엘리자베스 베넷이 가드너 부부와 함께 더비셔 근처로 여행을 떠난 시기도 바로 이달이다. 휴가가 연상되는 시기이긴 하지만 7월은 제인 오스틴의 세계에서 또 다른 의미를 지닌다.

제인 오스틴의 생애 중 가장 성공적인 달은 아마도 1813년 7월일 것이다. 그녀의 전기 작가인 클레어 토말린은 이렇게 설명한다. "《이성과 감성》은 책이 완판되어 그녀에게 수익을 가져다주었고 《오만과 편견》은 큰 성공을 거뒀다. 오스틴은 《맨스필드 파크》의

집필을 마쳤고, 다음 책인 《에마》를 위한 아이디어를 구상하는 중이었다. 서른일곱 살이었고, 그녀의 정신은 창작력과 에너지로 충만한 상태에 있었다."

커다란 성공은 물론 개인적으로도 만족스러웠던 이 시기는 제인 오스틴이 1817년 7월 사망하기 불과 4년 전이다. 삶이란 슬퍼할 일도 많지만 축하할 일도 많은 것이다.

7월 1일

"그래서, 엘리자베스," 어느 날, [베넷 씨가] 말했다. "내가 보기에 네 언니[제인]가 실연을 당한 거 같구나. 그건 축하할 일이야. 아가씨들은 결혼 다음으로 실연당하는 걸 좋아하잖니. 생각해 볼 기회가 될 수 있고, 또래 사이에서 괜히 특별한 사람처럼 보이기도 하니 말이다. 네 차례는 언제일 것 같냐? 너는 제인에게 지는 꼴은 절대 못 보지 않니. 이제 네 차례가 올 거다. 여기 메리턴 지역에도 아가씨들을 모조리 실연당하게 할 장교들이 차고 넘치잖니. 위컴 씨를 사귀어 보는 게 어떨까. 그는 참 유쾌한 친구라 너를 차더라도 깔끔히 찰 거 같은데."

── 《오만과 편견》

알만한 독자들은 베넷 씨가 일단 위컴이 막내 리디아에게 관심을 돌리자 이렇게 장난스럽게 말했던 걸 후회하며 살 거라는 걸 알 것이다.

⚜
7월 2일

제인 페어팩스를 좋아하지 않는 이유가 무엇이냐는 질문에 〔에마는〕 대답하기가 쉽지 않았다. 나이틀리 씨는 이전에 에마가 자기 자신이 이루고 싶은 지적이고 우아한 여성의 모습을 제인에게서 봤기에 그런 게 아니냐고 한 적이 있었다. 그때 에마는 말도 안 되는 소리라며 손사래를 쳤지만, 막상 가만히 자신을 돌아보니 양심상 완전히 아니라고는 할 수 없겠다는 순간들이 있었다.

— 《에마》

⚜
7월 3일

"이기심은 그저 늘 용서해야 해요. 알겠지만, 그건 고칠 방법도 없으니까요."

— 메리 크로퍼드, 《맨스필드 파크》

7월 4일

제인 오스틴의 《쥬베닐리아》에서 또 한 편의 두운을 맞춘 재미있는 글을 살펴보자.

사촌에게,

 세상 모든 나라와 모든 땅에서 울려 퍼지는, 당신의 사랑스럽고 세련된 성품을 잘 알고 있는 제가, 신중하고 세심한 손길로 가려 뽑은 이 신기하고 색다른 소품집을 당신의 선의 어린 심사에 삼가 맡깁니다. 이는 모두 당신의 사소하면서도 산뜻하고 살짝 익살맞은 사촌이 성실히 수집하고 선별하고 분류한 것들이옵니다.

― 〈편지 모음집〉, 《쥬베닐리아》

7월 5일

영국 섭정 시대의 신사 숙녀들은 여름이면 도시의 열기와 부산함을 피해 시골로 내려가 휴식을 취했다. 하지만 메리 크로퍼드가 장난스럽게 밝혔듯 모두가 느린 삶의 속도를 좋아하는 건 아니다.

"버트럼 씨 〔……〕 드디어 제 하프의 행방을 알아냈어요. 노샘프턴에 안전하게 있답니다. 하프가 도착하지 않았다고 그렇게 말하더니만 아마도 지난 열흘 동안 거기 있었던 모양이에요. 〔……〕 사실은 우리가 너무 직접적으로 물어본 거 같아요. 하인을 보내기도 하고 직접 가 보기도 했으니까요. 런던에서 70마일이나 떨어진 곳에서는 그런 방법은 안 통하겠죠. 그런데 오늘 아침에 여기 방식으로 하프 소식을 듣게 된 거예요. 어떤 농부가 하프를 보고 방앗간 주인에게 전했고, 그가 정육점 주인에게 전했고, 그 정육점 주인의 사위가 가게에다 전언을 남긴 모양이에요."

— 《맨스필드 파크》

7월 6일

1813년 이 날짜에 제인 오스틴은 오빠인 프랜시스에게 쓴 편지의 추신에서 작가로서 수입을 벌 수 있었다는 소식을 전한다.

S&S*가 다 팔렸다는 소식을 들으면 오빠도 기뻐하겠지. 그걸로 140파운드를 벌었어. 저작권을 제외하고 말이야. 그게 언젠가 가치가 생긴다면 말이지.—그래서 이제 나는 글을 써서 250파운드를 벌게 되었어.—그러니까 돈을 더 벌고 싶은 마음만 드는 거 있지.—지금 쓰고 있는 게 있는데—P&P**의 인기에 힘입어 잘 팔렸으면 좋겠지만, 그 정도로 재미있지는 않아.

— **프랜시스 오스틴에게 보내는 편지,**
  1813년 7월 3일 토요일~7월 6일 화요일

'지금 쓰고 있는' 것은 다름 아닌《맨스필드 파크》였다.

* 《이성과 감성》
** 《오만과 편견》

7월 7일
세계 초콜릿의 날(World Chocolate Day)

오늘은 세계 초콜릿의 날이다. 5월 21일 국제 차의 날에도 그랬듯 우리는 아서 파커에게 시선을 돌려 초콜릿을 어떻게 먹는 게 가장 좋을지 지혜를 얻어 보자.

"그러면 제가 따라 마시겠습니다."〔아서가〕 말했다. "연한 코코아를 저녁마다 큰 잔으로 마시는 것보다 저와 더 잘 맞는 건 없어요."

〔샬롯은〕 의아했다. 그가 다소 연하다는 코코아를 따르자 아주 진한 빛깔의 코코아가 졸졸 나왔기 때문이다. 그의 누이들이 동시에 소리를 질렀다. "오, 아서. 갈수록 코코아가 점점 더 진해지잖아." 아서는 약간 멋쩍어하며 "오늘 밤은 좀 진한 거 같네요"라고 답했다.—이걸 보고 샬롯은 아서가 누나들이 바라는 만큼 또는 본인이 스스로 생각하는 만큼 절제된 식생활을 좋아하는 건 아니라고 확신할 수 있었다.

— 《샌디턴》

7월 8일

다행히도 〔우드하우스 씨는〕 결혼을 예측하는 것만큼이나 결혼을 찬성하는 것에도 늘 관심이 없었다.—누가 결혼한다는 소리를 들을 때마다 반대 의견을 내놓았지만, 그럴 가능성을 미리 걱정하며 괴로워하진 않았다. 두 사람이 그토록 분별력이 없을 거라고는 생각하지 않는 듯해서, 실제로 결혼을 생각할 리는 없다고 여기는 것 같았다.

— 《에마》

7월 9일

"이 상황에 이게 맞는 말인지는 모르겠지만, 분명 저런 한심한 행동도 재치 있는 사람이 뻔뻔하게 하니까 별로 한심해 보이질 않네. 악한 사람은 늘 악하지만, 어리석은 사람은 늘 어리석은 건 아닌 거 같아.—누가 그런 행동을 했느냐에 따라 달린 거지."

— 에마 우드하우스, 《에마》

7월 10일

윌로비와 헤어진 첫날 밤, 메리앤은 눈을 잠시라도 붙인다면 자신을 절대 용서할 수 없을 것 같았다. 그리고 침대에 누웠을 때보다 다음 날 아침 일어났을 때 더 해쓱한 모습이 아니라면 가족들 얼굴 보기가 민망할 거 같았다. 하지만 이러한 침착한 마음을 부끄럽게 만드는 온갖 감정들 때문에, 그런 일이 일어날 거라고 전혀 염려하지 않아도 됐다. 그녀는 밤을 꼴딱 새웠고 거의 내내 눈물을 흘렸다. 일어나니 머리가 아팠고 말이 나오지 않았으며, 어떤 음식도 입에 대고 싶지 않았다. 어머니와 자매들의 마음을 매 순간 아프게 했고, 그 누구라도 위로하려 드는 걸 허락하지 않았다. 그녀의 감성은 정말이지 강력했다.

―《**이성과 감성**》

7월 11일

《설득》이 제인 오스틴의 책 중에서도 독특한 이유는 두 젊은 연인이 처음 만난 설정이 아니라, 둘이 처음에 사귀었다가 아프게 헤어지고 난 후, 7년이라는 시간이 지나 서로 나이가 든 상태에서 다시 만난 이야기를 그리기 때문이다. 이 책은 결국 용서와 성장을 다루지만, 그 경지에 이르기까지 꽤 시간이 걸린다. 누구도 웬트워스 대령처럼 깊은 원한을 품지 않기 때문이다.

[프레더릭 웬트워스는] 앤 엘리엇을 용서하지 않았다. 그녀는 그를 이용한 셈이고, 차버렸으며 실망하게 했다. 그보다 더한 것은 그렇게 하면서 마치 도저히 어쩔 수 없다는 듯한 심약한 태도를 보여, 그 자신의 단호하고 자신감 있는 성품으로는 참기 힘들었다. 앤은 다른 사람의 충고를 따라 그를 포기했다. 너무 과한 설득의 결과였는데, 그건 나약함과 소심함이었다.

— 《설득》

⚜

7월 12일

캐서린 몰런드와 그녀의 후견인인 앨런 부인이 나누는 답답한 대화문을 읽어 보면, 정말 선한 여성이지만 부인에게서 그 어떤 유용한 정보도 얻을 수 없다는 걸 알 수 있다.

"휴스 부인이 [틸니] 가족에 대해 굉장히 많은 이야기를 해 줬단다."

"어떤 이야기를 하셨는데요?"

"아휴! 온갖 얘기를 다 했지. 다른 주제는 꺼내지도 않더구나."

"그 가족이 글로스터셔의 어느 쪽에서 왔는지 얘기하던가요?"

"그럼, 했지. 그런데 지금 생각이 안 나네. [……]"

"그러면 틸니 부부는 바스에 있나요?"

"있지. 있는 거 같은데, 확실히는 모르겠구나. 가만 생각해 보니, 두 분 다 돌아가신 거 같은데. 최소한 어머니는 돌아가셨지."

── 《노생거 사원》

7월 13일

우드하우스 씨는 오트밀 죽과 반숙 달걀, 그리고 웨딩 케이크 위험을 걱정하지 않을 때는 다른 걱정거리를 찾곤 한다. 가령, 젊은 프랭크 처칠이 마을을 지나다가 길을 잃거나—더 안 좋게는 웅덩이에 빠지거나 하는 일 말이다.

"내 하인을 붙여 줄 테니 길 안내를 받으시게나."
 "아, 우드하우스 씨, 그러지 않으셔도 됩니다. 아버지가 알려 주실 겁니다."
 "하지만 자네 아버지는 멀리 가지 않잖은가. 겨우 길 건너편에 있는 크라운까지만 가는 데다 거기는 주택 천지야. 길을 잃을 수도 있고 사람이 다니는 길로 가지 않으면 아주 험한 길을 만나게 된다고. 하지만 내 마부는 길을 건널 때 어디로 건너는 게 제일 좋은지 안다니까."
 프랭크 처칠은 최대한 진지하게 사양했고 그의 아버지도 나서서 거들었다. "친구, 그럴 필요 없습니다. 프랭크도 눈이 달려서 웅덩이 정도는 알아본답니다."

— 《에마》

7월 14일

"부부들은 일단 나를 이렇게 공격하기 시작하더군요. '아! 당신이 결혼한다면 생각이 완전히 달라질 거예요.' 나는 이렇게 대답할 수밖에요. '아니요, 그렇지 않을 겁니다.' 그러면 그들은 다시 '아니에요, 그렇게 될 겁니다' 그러죠. 그리고 대화는 그렇게 끝난답니다."

— 웬트워스 대령, 《설득》

7월 15일

오스틴이 세상을 뜨기 불과 며칠 전인 1817년 오늘, 커샌드라에게 재미난 시를 바쳤다. 이날 윈체스터 경마대회*가 열렸고, 마침 세인트 스위딘의 날**이기도 했다. 이 시에서 세인트 스위딘은 자신의 축일에 감히 경마대회를 열었으니 윈체스터('벤타***') 주민들에게 비를 내려 벌하겠다고 위협한다.

아! 반항을 일삼는 백성들아! 아, 타락한 벤타여,
 우리가 흙 속에 묻히면 너희는 우리가 사라졌다고 생각하겠지.
 그러나 보라, 나는 불멸이라! 너희는 악에 묶여
 죄를 지었으니 그 대가를 치러야 한다. 이어 그는 덧붙였다.
 이런 경마대회와 환락, 방탕함으로
 너희는 인근 평야까지 타락시키고 있으니
 계속해 보아라—너의 쾌락 속에서 내 저주를 맞이하게 될 것이니.
 경주를 시작하라, 내 빗줄기로 너희를 쫓으리라.

── 〈윈체스터 경마대회〉,
　　클레어 토말린의 《제인 오스틴: 삶》에서 발췌

* 지역 주민들이 즐기던 당시 영국에서 흔한 여름 축제 중 하나였다.
** St Swithin's Day, 기독교 축일의 하나로 영국에서는 이날 비가 오면 그다음 40일 간 계속 비가 온다는 속설이 있다. 세인트 스위딘은 윈체스터의 주교였다.
*** Venta, 영국 햄프셔에 있는 도시인 윈체스터의 고대 이름이다. 로마 시대 때 '벤타 벨가룸'이라고 불렸다.

❦

7월 16일

"레이디 미들턴은 어쩜 저렇게 다정하세요!" 루시 스틸이 외쳤다.

메리앤은 입을 다물었다. 아무리 사소한 것이라도 자신이 느끼지 않은 말을 하는 건 그녀에게는 불가능한 일이었다. 그래서 예의를 갖춰야 할 때 거짓말을 해야 하는 일체 임무는 언제나 엘리너의 몫이었다.

— 《이성과 감성》

❦

7월 17일

"저에게는 다른 사람이 강요해도 절대 겁먹지 않는 고집스러움이 있거든요. 누군가가 저를 위협하려고 할 때마다, 저는 매번 더 용기를 낸답니다."

— 엘리자베스 베넷, 《오만과 편견》

7월 18일

1816년 이날, 오스틴은 《설득》의 집필을 끝냈다. 더 슬픈 이야기를 하기 전에, 웬트워스 대령의 이 대화문으로 이날을 기념하자.

"저는 우리가 바다 밑으로 함께 침몰하든지 아니면 그 배 덕분에 제가 잘되든지 둘 중 하나라는 걸 알고 있었습니다."
— **웬트워스 대령, 《설득》**

대령은 배에 관해 얘기하고 있는 듯하지만 사실 사랑에 빠지는 것과 절묘하게 잘 들어맞아, 이 비유는 결코 우연이라고 할 수 없다. 정확히 일 년 후인 1817년 이날, 제인 오스틴은 숨을 거뒀다. 그녀의 형수인 메리는 일기장에 이렇게 적었다.

제인이 오늘 새벽 4시 반에 그녀의 마지막 숨을 내쉬었다.
— **클레어 토말린, 《제인 오스틴: 삶》에서 발췌**

비록 제인 오스틴은 마흔한 살이란 젊은 나이에 사망했지만,

수백 년간 다른 작가들과 영화 제작자, 예술가들에게 영향을 끼친 풍성한 문학 유산을 남겼다. 그녀의 작품은 BBC가 각색해 큰 사랑을 받은 《오만과 편견》부터 《에마》의 현대판 이야기인 《클루리스》*까지 계속해서 대중문화에도 큰 영향을 미치고 있다.

2017년 7월 18일, 제인 오스틴 사망 200주기를 맞아 그녀는 영국 지폐에 새겨진 최초의 여성 작가가 되었다. 그녀의 초상화는 10파운드 지폐에 등장하고 다소 의외의 인용문인 "결국 독서만큼 즐거운 건 없다고 확신해요!"가 적혀 있다(이 문장이 왜 이상한 선택일 수 있는지는 5월 14일 참조).

* 알리시아 실버스톤이 주연한 1995년 작 로맨틱 코미디 영화.

⚜

7월 19일

웨스턴 씨가 외쳤다. "하지만, 에마가 일찍 일어나면, 파티가 흐지부지 끝나게 될 겁니다."

　우드하우스 씨가 거들었다. "그렇게 돼도 크게 문제 될 건 없지. 파티는 일찍 끝날수록 좋으니까."

　— 《에마》

⚜

7월 20일

만약 오늘 날씨가 좋다면, 패니 프라이스처럼 앉을 만한 그늘을 찾아 초록빛 숲을 즐겨 보자.

"날씨 좋은 날, 그늘에 앉아 푸른 초목을 바라보는 게 가장 완벽하게 피로를 푸는 방법이죠."

　— 《맨스필드 파크》

⚜

7월 21일

거만한 태도를 꺾어버리고 나를 싫어하기로 작정한 사람에게 내 우월함을 인정하게 만들면 짜릿한 쾌감이 있잖아.

─ 레이디 수전이 존슨 부인에게, 《레이디 수전》

⚜

7월 22일

《맨스필드 파크》의 이 대화문에서 에드먼드 버트럼과 최근 그의 눈길을 사로잡은 메리 크로퍼드는 숲을 걸으면서 얼마나 멀리 왔는지를 두고 논쟁을 벌인다.

"놀랍게도 하나도 피곤하지 않아요. 분명히 이 숲을 적어도 1마일은 걸은 거 같은데. 그렇지 않나요?"
"그거에 반도 안 될 겁니다." 그가 단호히 답했다. 아직 그는 여성이 거리나 시간을 자기 마음대로 가늠하는 것을 묵인할 정도로 그녀와 사랑에 빠진 것은 아니었다.

─ 《맨스필드 파크》

7월 23일

"부인, 분명히 여행을 많이 다니셨겠네요." 머스그로브 부인이 크로프트 부인에게 말했다.

"네, 그렇지요. 결혼하고 나서 15년 동안 했으니까요. 물론 더 오래 한 부인들도 많겠지만요. 저는 대서양을 네 번 건넜고 동인도에도 갔었는데, 딱 한 번이었어요. 집 근처 다른 지역도 가 봤고—코크, 리스본, 지브롤터에도 갔었지요. 하지만 해협 너머로는 간 적이 없고요.—서인도 제도에도 한 번도 가 보지 않았답니다. 아시겠지만 버뮤다나 바하마를 서인도 제도라고 부르진 않잖아요."

메리 머스그로브 부인은 뭐라고 할 말이 없었다. 평생 그곳을 뭐라고 부를지 생각해 본 적도 없었기 때문이다.

—《설득》

7월 24일

1806년 이날, 오스틴은 조카인 패니 나이트*에게 시 한 편을 선물했다. 이는 패니의 삼촌인 프랭크 오스틴과 메리 깁슨의 결혼을 기념하는 내용이다.

보라, 저들이 온다, 타넷**에서 서둘러 오네.
사랑스러운 커플, 나란히 나란히.
하다못해 신부의 부모와 함께
리처드 케넷***까지 두고 왔네!
그들은 캔터베리를 지나,
다음은 스탬퍼드 다리를 통과해,
순식간에 칠럼 마을을 지나,
이제 저 언덕 너머에 올랐네.
언덕을 휘리릭 내려가,
이제 공원을 빙 돌아 달리네,
보아라! 한가로이 풀을 뜯던 소 떼가
소리에 놀라 흩어지네!
달려라, 내 형제들아! 부두로 난 문을 향해!

활짝 열어젖혀라!

우리가 늦었다는 말 나오지 않게

내 삼촌의 신부를 환영하라!

마차가 집으로 다가오고,

이제 멈추었네—그들이 왔어, 왔어요!

나의 삼촌 프랜시스, 안녕하세요?

아름다운 숙모님도 안녕하세요?

── 패니 나이트에게 보내는 시/편지, 1806년 7월 24일 목요일

* 셋째였던 에드워드 오스틴 나이트의 장녀이다. 제인 오스틴의 형제자매 중 프랜시스(프랭크) 오스틴은 여섯째였고, 새신부 메리와 함께 그의 형인 에드워드가 살던 곳으로 가는 중이었다. 제인 오스틴은 이 일을 마치 조카인 패니 나이트가 관찰하는 것처럼 경쾌하고 재미있게 묘사한 것이다.

** Thanet, 영국 동쪽 끝에 위치한 지역. 프랜시스 오스틴이 영국 해군 장교로 이 지역에 주둔했을 가능성이 크다.

*** 에드워드의 하인 또는 마부였을 가능성이 크다. 또는 신부의 부모와 함께 남겨진 조연일 수도 있다.

7월 25일

《샌디턴》이 미완성이라 아쉬운 이유는 많지만, 그중에서도 우스꽝스럽고 거만한 에드워드 데넘 경의 모습을 더 볼 수 없다는 점이 가장 큰 이유일 것이다.

에드워드 경의 인생 목표는 여자를 꾀는 거였다. 그는 자신도 알고 있는 외모의 장점 그리고 역시나 스스로 높이 평가하는 재능으로 여성을 유혹하는 것이 자신의 임무라 여겼다. 러브레이스* 같은 인물 계열 중에서도 위험한 남자가 될 운명이라 느꼈다. 그가 생각하기엔 에드워드 경이라는 이름 자체도 매력적이었다. 여성에게 대체로 정중하고 헌신적인 사람이 되는 것, 예쁜 아가씨를 볼 때마다 찬사를 보내는 사람이 되는 것은 그가 해야 할 역할 중 사소한 것이었다. 헤이우드 양이나 아니면 아름답다고 자부하는 다른 아가씨들에게 잘 알지도 못하면서 과도한 칭찬과 열광적인 찬미를 늘어놓으며 다가갈 자격이 있다고 (그 자신의 사회적 시각에 따르면) 믿었다. 하지만 그가 진지하게 다가가는 사람은 클라라가 유일했고, 그가 유혹하려는 대상도 클라라였다.

— 《샌디턴》

* Lovelace, 제인 오스틴은 새뮤얼 리처드슨의 1748년 서간체 소설,《클라리사(Clarissa)》에서 잔인하고 호색한 인물인 로버트 러브레이스(Robert Lovelace)를 사용했다. 난봉꾼, 색마란 뜻으로 쓰이기도 한다.

7월 26일

제인 오스틴은 초기작에서 자신만의 새로운 〈영국의 역사〉를 쓰기도 했다. 제목 페이지와 헌사는 다음과 같다.

영국의 역사
  헨리 4세의 즉위부터 찰스 1세의 사망까지
  편향적이고 편견이 있으며 무지한 역사가가 씀.
  조지 오스틴 목사의 장녀 오스틴 양*에게,
  이 책에 모든 합당한 존경을 담아 저자가 헌정함.
  참고사항. 이 역사책에는 날짜 기록은 거의 없다.

— 〈영국의 역사〉,《쥬베닐리아》

* 이 헌사는 장난스럽게 언니 커샌드라에게 바친 것이다.

7월 27일

단어의 사용(또는 오용)에 대한 이 통통 튀는 대화문에서 독자는 어쩌면 제인 오스틴이 살짝 모습을 드러내는 듯한 느낌을 받는다.

"헨리 오빠." 틸니 양이 말했다. "너무 무례하잖아. 몰런드 양, 오빠가 여동생을 대하듯이 당신을 대하네요. 만날 내가 어떤 단어를 정확하게 사용하지 않았다면서 시시콜콜 잘못을 찾아내는데, 이제 틸니 양에게 그러려는 거예요. 틸니 양이 사용한 '가장 좋은(nicest)'이라는 단어가 오빠 마음에 안 들었나 봐요. 그러니 최대한 빨리 그 단어를 바꾸는 게 좋겠어요. 안 그러면 가는 길 내내 존슨이니 블레어니* 하는 애기만 귀에 못이 박히게 들어야 하거든요."

 캐서린이 외쳤다. "틀린 말을 하려는 의도는 정말 아니었는데. 하지만 그건 정말 좋은 책인데 왜 좋다고 하면 안 되는 거죠?"

 "맞는 말이에요." 헨리가 말했다. "그리고 오늘은 날씨가 아주 좋고, 우리는 아주 좋은 산책을 하고 있고, 아가씨 둘은 아주 좋은 아가씨들이지요. 아! 정말이지 좋은 단어네요! 모든 거에 다 맞아떨어지네요. 원래는 아마도 단정함, 적절함, 섬세함, 우아함을 표현하기 위해서만 쓰일 수 있을 텐데.—가령 사람들의 옷차림, 마음가짐 또는 선택이 좋았다 같은 말처럼요. 하지만 이제는 어떤 주제든, 모든 칭찬이 그 한 단어로 다 되는군요."

— 《노생거 사원》

* 새뮤얼 존슨과 휴 블레어를 가리킨다. 새뮤얼 존슨은 저명한 영국 사전 편찬자로 수필가이자 문학 비평가였다. 휴 블레어는 스코틀랜드 교회의 목사이자 에든버러 대학교 수사학 의장을 역임했다. 수사학 이론의 발전에 큰 영향을 미쳤다.

7월 28일

엘리자베스 베넷은 헌스퍼드에 방문하는 동안(3월 1일 참조) 친구 샬롯과 지루하기 짝이 없는 콜린스 씨와의 결혼 생활의 본질에 대해 점점 더 명확히 이해하기 시작한다.

엘리자베스는 그들이 [콜린스가] 이런저런 일로 바빠 그를 더 자주 보지 않아도 된다는 걸 알고 정말 다행이라고 생각했다. 아침과 정찬 사이의 시간 대부분 동안 그는 정원에서 일하거나 독서와 작문을 했고, 서재에서 길 쪽으로 난 창문으로 바깥을 바라보며 지냈다. 숙녀 둘이 앉아 있는 방은 뒤쪽에 있었다. 처음에 엘리자베스는 샬롯이 왜 식당 겸 응접실을 평소에 사용하지 않는지 의아하게 여겼다. 그 공간이 더 넓고 분위기도 더 좋았기 때문이다. 하지만 엘리자베스는 이내 친구가 그럴 만한 충분한 이유가 있다는 걸 알게 되었다. 만약 그들이 식당처럼 활기찬 방에 앉아 있었다면, 콜린스는 의심의 여지 없이 자신의 서재에 덜 머물렀을 테니 말이다. 엘리자베스는 샬롯의 계획이 훌륭하다고 생각했다.

— 《오만과 편견》

7월 29일

《노생거 사원》의 캐서린 몰런드는 다정하고 매력 넘치는 헨리 틸니에게 푹 빠져 있지만, 안타깝게도 상당히 불쾌한 소프 씨의 구애를 받는다. 그는 가장 혐오스러운 남성의 전형인 참을 수 없이 따분한 인물을 그리는 제인 오스틴의 기술을 완벽히 보여 주는 인물이다.

[소프 씨의] 나머지 얘기, 또는 자랑은 오직 자신 그리고 자신의 관심사로 시작하고 끝났다. 경기에 관해서 얘기했는데 그의 판단력으로 한 번의 오류 없이 승자를 예견했고, 사냥을 나가서는 (비록 좋은 기회는 한 번도 없었음에도) 다른 모든 동료를 합친 것보다 더 많은 새를 사냥했다고 했다. [……] 캐서린은 스스로 판단하는 습관이 거의 없었고, 남자는 이래야 한다는 일반적인 관념도 뚜렷하지 않았지만, 끝도 없이 자만심을 분출하는 걸 들어주고 있자니 그가 정말 괜찮은 사람일 리 없다는 의심을 완전히 억누를 수 없었다.

— 《노생거 사원》

7월 30일

국제 우정의 날

(International Day of Friendship)

오늘은 국제 우정의 날이다. 제인 오스틴의 소설은 로맨스에 관심을 두는 만큼 친구들과의 우정에도 관심을 둔다. 《오만과 편견》의 베넷 자매 중 첫째와 둘째 사이의 강력한 유대감부터 《설득》의 앤 엘리엇과 스미스 부인과의 오랜 우정에 이르기까지, 진정한 친구를 찾는 것은 남편감을 찾는 것만큼이나 어쩌면 그보다 더 가치 있다는 걸 보여 준다.

우정은 실연당한 비통한 마음에 최고의 치료제입니다.

— 《노생거 사원》

7월 31일

제인 오스틴이 어렸을 때 쓴 〈영국의 역사〉(7월 26일 참조)는 재미있는 이야기로 가득하다.

〔헨리 5세가〕 다스리는 동안, 콥햄 경은 산 채로 불태워졌으나 나는 그 이유를 잊었다.

— 〈영국의 역사〉,《쥬베닐리아》

8월
AUGUST

8월은 여름휴가의 달이다. 오후에 정원에서 보내는 시간이 길어지고, 저녁은 느리고 고요히 지나간다. 비록 제인 오스틴의 소설에 등장하는 이들은 딱히 이런 일을 염려하지는 않을 테지만, 오스틴이 살던 시대에 이달은 수확의 시기라 많은 이들이 더 분주하게 움직였을 것이다.

연중 이 시기는 시간이 더디 흘러가는 듯하지만, 8월은 《오만과 편견》에서 다양한 사건이 벌어진 달이다. 가드너 씨는 리디아 베넷과 조지 위컴을 찾아내기 위해 런던으로 향한다. 8월 2일로 날짜가 적힌 편지에서 그는 베넷 씨에게 둘을 찾아냈다는 소식을 전했고, 엘리자베스가 편지를 크게 읽는다.

"친애하는 매형께,

 드디어 조카의 소식을 보낼 수 있게 되었습니다. 대체로 매형이 안도할 만한 소식이길 바랍니다. 매형이 토요일에 떠나고 얼마 지나지 않아, 정말 운 좋게도 그 둘이 런던의 어느 지역에 있는지 알아낼 수 있었습니다. 자세한 사항은 만나서 얘기하도록 하지요. 지금은 둘을 찾았다는 것만으로도 충분하니까요. 내가 그 둘을 만나 보았습니다."

 제인이 외쳤다. "그러니까 내가 늘 바라던 대로, 둘이 결혼한 거네!"

 엘리자베스가 편지를 계속 읽어 나갔다.

 "내가 그 둘을 만나 보았습니다. 둘은 결혼하지 않았습니다."

베넷 자매 중 한 명을 좋아하면서도 위컴을 싫어하는, 용맹하고 부유한 신사가 나타나기만 한다면 얼마나 좋을까.

8월 1일

다아시의 사촌인 피츠윌리엄 대령이 다아시가 "낯선 사람들 사이에서 어떻게 행동하는지" 알려 달라고 했을 때, 엘리자베스 베넷은 참지 못하고 대답했다.

"신사들이 모자란데도 네 번밖에 춤을 추지 않았어요. 제가 보기엔 파트너를 찾고 있는 아가씨들이 몇 명 앉아 있었는데도요. 다아시 씨, 그 사실을 부인할 순 없겠지요."
"그 모임에서는 제 일행 외에는 아는 숙녀분이 한 분도 없었습니다."〔다아시가 말했다.〕
"그렇죠. 그리고 무도회장에서 자기소개 같은 건 절대 일어나지 않으니까요."

— 《오만과 편견》

8월 2일

영문을 모르는 캐서린 몰런드와 무례한 존 소프와의 또 다른 불편한 대화를 보면, 캐서린은 그가 하려는 말을 엉뚱하게 받아넘기며 유쾌하게 상황을 넘긴다.

"하지만 몰런드 양, 너무 시간이 지체되기 전에 풀러턴에 방문해서 인사를 드려야 하지 않을까요. 너무 성가시지만 않다면요."
"그래 주세요. 아버지와 어머니가 아주 기뻐하실 거예요."
"그리고 바라건대, 몰런드 양, 당신이 나를 보고 반가워했으면 좋겠군요."
"아! 그럼요. 제가 만나서 안 반가운 사람이 누가 있겠어요. 친구는 있으면 언제나 즐거운 법이죠."

— 《노생거 사원》

8월 3일

제인 오스틴의 작품에 등장하는 많은 커플 중 특히 사랑받는 커플은 아마도 크로프트 대령과 부인일 것이다. 이들은 단순하면서도 깊은 유대감을 갖고 있어, 부인은 그와 함께 있기 위해 세계를 같이 여행한다(7월 23일 참조). 웬트워스 대령이 제독의 운전 실력은 종종 위험할 때가 있다고 넌지시 알려 줬음에도 불구하고, 루이자 머스그로브는 이 부부의 특별한 친밀함에 감탄한다.

"만약 부인이 제독을 사랑하는 것처럼 제가 어떤 남자를 사랑하게 된다면, 저도 늘 그와 함께 있겠어요. 그 무엇도 우리를 갈라놓을 수 없어요. 그리고 다른 사람이 안전하게 운전하는 마차를 타느니 그와 함께 뒤집히는 걸 선택할래요."

— **루이자 머스그로브**, 《설득》

⚜
8월 4일

프랭크 처칠을 향해 잠시 설렜던 마음을 접은 에마는 특히나 더웠던 날, 그를 보고 더는 아무런 감정을 느끼지 않게 되어 다행이라 생각한다. 앞으로 호감을 주고 좋은 인상을 남기고 싶은 남성이라면 모두 주의해야 할 것이다. 더워도 쿨하게 행동할 것.

'이제 더는 그를 좋아하지 않아서 다행이다. 아침부터 덥다고 저렇게 정신을 놓는 남자라니, 정말 별로야."
— 에마 우드하우스, 《에마》

⚜
8월 5일

"우리 모두 마리아에게 안부 인사를 전했고, 그녀가 누구인지 알고 싶어 합니다."
— 가워 양, 〈에벌린〉, 《쥬베닐리아》

8월 6일

4월 6일에 레지널드 드 쿠르시는 그 유명한 바람둥이 레이디 수전을 직접 보기 위해 누나의 집을 방문하기로 한다. 하지만 이는 레이디 수전이 쳐 놓은 거미줄에 걸려든 것으로 그의 누나가 예상한 대로 어리석은 행동이었던 걸로 드러났다.

레이디 수전의 의도는 당연히 있는 대로 교태를 부리거나 모든 남성의 찬미를 받는 것이었지. 그녀에게 더 진지한 목적이 있다고는 한순간도 상상할 수 없지만, 레지널드 같은 분별력 있는 청년이 완전히 속아 넘어간 걸 보니 참 안타깝네.

— **버논 부인이 레이디 드 쿠르시에게**, 《레이디 수전》

8월 7일

나이틀리 씨는 도덕적인 설교를 늘어놓고 에마를 옳은 길로 이끌기 위해 내내 애쓰지만, 동시에 건조한 유머 감각을 지니고 있기도 하다. 아래의 대화문에서 볼 수 있듯, 베이츠 양이 친구들을 집에 초대해 맞이하는 자리에서, 마침 창밖으로 지나가는 그에게 크게 소리치는 장면이 바로 그 예다.

"오! 나이틀리 씨! 어젯밤 파티는 정말 재미있었어요. 정말이지 즐거웠어요.―그런 춤을 본 적 있으세요? 정말 대단했죠?―우드하우스 양하고 프랭크 처칠 씨 말이에요. 저는 그렇게 멋진 커플은 지금껏 본 적이 없어요."

"아! 정말 대단했습니다. 우드하우스 양하고 프랭크 처칠 씨가 이 말을 전부 듣고 있으니 다른 말은 못 하겠네요. 그런데 (목소리를 더 높여) 페어팩스 양 얘기는 왜 안 나왔는지 모르겠네요. 페어팩스 양도 대단히 춤을 잘 추던데요. 웨스턴 부인은 컨트리 춤이라면 영국에서 단연코 최고의 춤 상대죠. 자, 고마움을 아는 분들이라면, 이제 베이츠 양과 제 얘기도 크게 하시겠죠. 아쉽지만 그만 가 봐야 해서 제가 들을 수는 없겠습니다."

── 《에마》

⚜
8월 8일

우리는 8월에 날씨가 좋기를 바라지만, 여름철에는 가끔씩 소나기가 내리기도 한다. 《쥬베닐리아》에서 발췌한 다음 글에서 제인 오스틴은 거만한 그레빌 부인과 마리아 윌리엄스 양 사이의 우스꽝스러운 대화를 상상한다.

"그렇게 차려입을 필요는 없어요. 난 마차를 보내지 않을 테니까." 그레빌 부인이 말했다. "만약 비가 온다면 우산을 써도 되겠습니다."

나는 나 자신이 비에 젖지 않도록 해도 좋다는 허락의 말을 듣자 웃음을 참기가 어려웠다.

── **힘든 처지에 놓인 젊은 여성이 친구에게 보내는 세 번째 편지,**
〈편지 모음집〉, 《쥬베닐리아》

8월 9일

비록 제인 오스틴은 《노생거 사원》에서 수많은 고딕 소설을 대표하는 멜로드라마를 익살스럽게 풍자하지만, 그 소설의 형식을 옹호할 기회로도 활용한다.

"아! 그냥 소설이에요! [……] 《세실리아》, 《카밀라》, 《벨린다》라는 책일 뿐이라고요." 또는 간단히 말하자면, 인간 본성을 가장 철저히 파헤치고 그 다양성을 가장 탁월하게 묘사하며, 가장 생동감 넘치는 위트와 유머를 가장 잘 선택한 언어로 세상에 전달하는 그런 작품일 뿐이다.

―― 《노생거 사원》

⚜
8월 10일

제인 오스틴의 〈영국의 역사〉(7월 26일 참조)로 돌아가 헨리 8세에 대해 뭐라고 썼는지 알아보자.

폐하[헨리 7세]가 서거하고, 그의 아들인 헨리가 승계했다. 그의 유일한 장점은 딸인 엘리자베스만큼은 나쁘지 않다는 거였다.

— 〈영국의 역사〉, 《쥬베닐리아》

⚜
8월 11일

'마음이 따뜻한 것보다 더 나은 매력은 없지. 〔……〕 그것과 비교할 수 있는 건 없어. 매력으로 치자면 다정하고 열린 자세로 따뜻하고 친절하게 대하는 사람이 이 세상에서 제일 똑똑한 사람들보다 더 나을 거야.'

— 《에마》

8월 12일

제인 오스틴이 어렸을 때 쓴 작품 중 하나인 〈에벌린〉에서 주인공 에벌린은 그의 아내가 죽자 곧장 다른 여성을 만나 결혼한다. 그러다 불현듯 '웹 부부에게 그들의 딸이 죽었다는 소식을 알리지도 않았다는 사실을' 기억해 내고, 허겁지겁 펜을 들고 이렇게 쓴다.

저의 이 깊은 슬픔을 어찌 말로 표현할 수 있겠습니까! 우리의 마리아가, 사랑하는 마리아가 이제는 이 세상에 없습니다. 그녀는 8월 12일 토요일에 마지막 숨을 거두고 말았습니다. 이제 두 분께서는 당신들의 슬픔이 아닌 저의 상실에 대해서 애끓는 슬픔을 겪고 계신 게 보입니다. 하지만 마음을 푹 놓으십시오. 제가 사랑스러운 사라와 결혼하게 되어 행복해졌으니, 무얼 더 바랄 수 있겠습니까?

— 〈에벌린〉, 《쥬베닐리아》

8월 13일

엘리자베스는 공원을 느긋하게 산책하다가 우연히 다아시를 만난 게 한두 번이 아니었다.—아무도 오지 않는 이런 곳에서 만나다니. 그녀는 엄청나게 운이 없다고 느꼈다. 그리고 처음에 그를 만났을 때 다시는 이런 일이 일어나지 않기 위해 이 길이 그녀가 가장 좋아하는 산책로라고 확실히 알려 주었다.—그런데도 두 번째로 또 마주치다니, 이 얼마나 이상한 일인가!—하지만 그 일이 일어났고 게다가 세 번째로 또 마주치게 되었다. 그러니 이건 다아시가 일부러 악의적으로 행동하거나 자발적으로 자신을 괴롭히는 것처럼 보였다. 다아시는 엘리자베스와 마주쳤을 때마다 그저 형식적인 질문을 몇 개 하고 어색하게 침묵했다가 그냥 가는 게 아니라, 아예 돌아서서 그녀와 함께 걸었다.

── 《오만과 편견》

⚜
8월 14일

"나와 상관 없는 일로 머리를 싸매고 고민하는 건 내 방식이 아니야. 내 사고방식은 꽤 단순해."

— 존 소프, 《노생거 사원》

⚜
8월 15일

언덕 꼭대기는 [······] 쾌적한 장소였다. 루이자가 돌아왔고, 층계로 된 부분에서 편한 자리를 찾던 메리는 다른 사람들이 전부 자신 주변에 서 있기만 하면 대단히 만족스럽게 있을 수 있었다. 하지만 루이자가 웬트워스 대령을 데리고 근처에 있는 울타리로 밤을 주우러 가더니 이내 보이지도 들리지도 않을 정도로 꽤 멀리 사라지자, 메리는 더는 행복하지 않았다. 지금 앉은 자리가 마음에 들지 않는다며 투덜댔고—그 둘은 어딘가에 훨씬 더 좋은 곳에 앉았을 거라면서—자신도 더 좋은 자리를 찾겠다고 법석을 떠는데, 정말이지 그 누구도 막을 수 없었다.

— 《설득》

8월 16일

불과 일주일 전만 해도 다이애나 파커 양은 바닷바람이 현재의 몸 상태에서는 사망 선고나 다름없을 거라고 느꼈는데, 이제는 샌디턴에 와서 한동안 더 머물 예정이었으며 마치 자신이 그런 생각을 쓰거나 느낀 적은 전혀 없다는 듯 행동했다.

— 《샌디턴》

8월 17일

"세상 사람들 절반은 나머지 절반의 즐거움을 이해할 수 없을 거예요."

— 《에마》

8월 18일

메리앤 대시우드가 경솔하기 짝이 없는 윌로비에게 크게 실망하자, 그녀의 친구 제닝스 부인은 요즘 실연했을 때의 위로 방법인 아이스크림 한 통과 로맨틱 코미디 영화와 비슷하다고 할 수 있는 섭정 시대만의 방법으로 메리앤을 위로해 주려고 애쓴다.

[제닝스 부인은] 메리앤이 우울해하는 걸 보고 그녀의 기분을 조금이라도 풀어 주는 건 오로지 자신에게 달렸다고 느꼈다. 그래서 제닝스 부인은 휴일의 마지막 날에 부모가 가장 아끼는 아이에게 해 달라는 걸 다 해 주는 자세로 메리앤을 대했다. 메리앤을 벽난로 옆에 가장 좋은 자리에 앉혔고, 집에 있는 산해진미는 다 갖다 바쳤다. [……] 엘리너가 이 모든 야단법석이 마뜩잖은 동생의 표정을 보지 않았다면, 갖은 디저트와 사탕, 뜨끈한 벽난로 불로 사랑 때문에 상처 입은 메리앤의 마음을 치유하기 위한 제닝스 부인의 노력이 정말 위안이 된다고 생각했을 수도 있었을 것이다.
　[……]

"저 불쌍한 것!" 제닝스 부인이 외쳤다. [……] "저 모습을 보자니 어쩌나 딱한지! 그리고 와인도 다 안 마시고 가버렸네! 게다가 말린 체리도 남겼어! 세상에! 뭘 해줘도 소용이 없는 것 같아."

— 《이성과 감성》

8월 19일

"[이 시기에] 어머니가 많이 불안해하시잖아. 우리가 어머니의 불안한 마음을 진정시키고, 다음 몇 주간 기운을 좀 내게 할 수 있다면, 나는 우리가 시간을 알차게 보낸 거라고 생각해. [……] 이때 정말이지 불안해하시거든."

[톰이] 이렇게 말하자, 모두 어머니를 쳐다보았다. 소파 한쪽 구석에 파묻혀 있는 레이디 버트럼은 마치 건강과 부유함, 편안함, 평온함의 표본인 듯한 모습으로 졸고 있었고, 패니는 그녀를 대신해 몇 가지 힘든 일을 하고 있었다.

— 《맨스필드 파크》

8월 20일

"그가 내 자존심에 상처만 내지 않았다면, 그의 자존심은 쉽게 용서할 수 있어."

— 엘리자베스 베넷, 《오만과 편견》

8월 21일

《설득》에서 벤윅 대령이 등장했을 때, 그는 하빌 대령의 동생이자 애인이었던 패니를 잃은 슬픔에 잠겨 있었다.

[벤윅 대령은] 호감 가는 얼굴과, 그가 지닌 사연에 걸맞게도 우울한 기운을 띠고 있었으며, 대화에도 별로 끼지 않았다.

— 《설득》

8월 22일

제인 오스틴의 〈영국의 역사〉를 한 번 더 살펴보자. 이번에는 이 글을 쓴 진짜 이유를 이해하게 된다.

이 군주의 치세 동안 벌어진 사건은 내가 펜으로 적기에는 너무 숫자가 많고, 내가 직접 만들어내지 않는 한, 어떤 사건의 서술도 내게는 흥미롭지 않다. 내가 〈영국의 역사〉 집필 작업에 착수하게 된 가장 큰 이유는 스코틀랜드 여왕의 무고함을 입증하기 위해서인데, 나는 내가 잘 해냈다고 자부한다. 또한 엘리자베스*를 헐뜯기 위한 목적도 있었는데, 그 부분은 내 계획에 조금 못 미친 것 같아 다소 걱정된다.

── 〈영국의 역사〉, 《쥬베닐리아》

* 제인 오스틴이 말하는 사람은 엘리자베스 1세로 헨리 8세와 앤 불린 사이에서 태어난 튜더 왕조의 마지막 군주를 뜻한다. 당시 역사서들이 엘리자베스를 지나치게 영웅처럼 그리자 이를 풍자적으로 비틀려는 의도로 보인다.

8월 23일

《에마》에 등장하는 엘턴 씨는 처음에는 대단히 매력적인 남성으로 나오지만, 결국 자기중심적이고 욕심이 많으며 자만심이 강한 사람임을 드러낸다. 따라서 이 순간 에마는 그에게 약간의 동정심을 느낀다 하더라도, 독자는 그의 아내와 에마 그리고 해리엇 스미스와 어색하게 한 방에 갇힌 상황이 그저 재미있기만 하다.

〔에마는〕 그가 막 결혼한 여성, 그가 결혼하고 싶었던 여성, 그리고 그와 결혼하길 바랐던 여성과 한 방에 있게 된 엘턴 씨가 어찌나 딱하고 안됐는지 생각했을 때, 그가 어리석은 모습을 보이고 매우 어색해하고 불편해하는 걸 이해해 주기로 했다.

— **《에마》**

8월 24일

[파커 자매는] 베풀기를 즐겨하는 정 많은 사람들이었다. 하지만 쉴 새 없이 움직여야 하는 기질과 그 누구보다 더 많은 일을 해낸다는 자부심이 모든 자선 행위에 어느 정도 영향을 미치고 있었다. 그들이 하는 모든 활동은 물론 그들이 견뎌낸 모든 것에는 허영심이 깃들어 있었다.

— 《샌디턴》

8월 25일

《노생거 사원》의 앨런 부인은 기억력이 좋지 않고 대화할 때 약간 부족하다는 것을 알았다(7월 12일 참조). 이 장면에서는 독창적인 생각도 그녀의 강점은 아니라는 걸 알 수 있다. 그렇지만 적어도 캐서린을 한결같이 아낀다는 점은 인정할 만하다.

앨런 씨는 이성적인 친구로서 그런 상황에 대해 합당한 분노를 표현했는데, 앨런 부인은 그의 말이 어찌나 마음에 쏙 들었는지 곧장 자신도 그렇게 표현하기로 했다. 그래서 그가 말하는 놀랐던 부분과 예상되는 점, 그리고 이런저런 설명을 연달아 똑같이 반복했고, 우연히 빈틈이 생길 때마다 "그 장군은 정말로 참아줄 수가 없네"라는 한마디를 덧붙였다.

— 《노생거 사원》

8월 26일

[톰은] 둘에 대해 대단히 좋게 말해 줄 수 있었다. "크로퍼드 씨는 매우 유쾌한 신사다운 남자입니다. 그리고 그의 여동생은 다정하고 아름답고 우아하면서도 쾌활한 아가씨랍니다."

러시워스는 더는 입을 다물고 있을 수 없었다. "신사다운 건 부정하지 않소. 뭐, 그런 면은 있겠지. 그래도 자네의 아버지에게 크로퍼드 씨의 키가 5피트 8인치*도 채 안 된다는 말씀은 드려야 할 거 같군. 안 그러면 아주 늠름한 사내라고 생각하실 테니까."

―《맨스필드 파크》

* 약 176cm.

8월 27일

결국 끝에 가서 두 주인공이 커플로 맺어지는 건 제인 오스틴의 작품에서 가장 만족스러운 장면일 것이다. 하지만 그 결론에 도달하기 전, 독자들은 다아시가 처음으로 엘리자베스 베넷에게 청혼했던 일이 처참하게 실패로 끝나는 장면을 불편하고 어색한 마음을 무릅쓰고 읽어 나가야 한다.

"이런 경우에는, 상대가 내보인 감정에 고마움을 표하는 것이 마땅하겠지요. 비록 그 감정이 똑같이 되돌려지지 못한다 해도 말이에요. 제가 감사함을 느낄 수 있다면 지금 감사를 표했을 거예요. 하지만 못하겠어요.―저는 당신의 호의를 원한 적이 한 번도 없었고, 당신도 정말이지 마지못해 베푼 것이니까요."
〔……〕
"이게 제가 기대해 왔던 대답의 전부군요! 제가 그다지 예의 있다고는 할 수 없는 방식으로 거절당한 이유를 알고 싶습니다. 하지만 큰 의미는 없겠지요."
"저도 물어봐야겠네요."〔엘리자베스가〕 단호하게 대답했다. "저를 모욕하고 불쾌하게 하려는 의도인 게 뻔한데, 당신의 의지에 어긋나고, 이성에도 어긋나고, 심지어 당신의 성격에도 어긋나는데, 왜 나를 좋아한다고 고백하신 건가요?"
── 《오만과 편견》

8월 28일

나는 결혼 같은 중요한 일에 쉽게 결단을 내릴 수 없어. 특히 내가 돈이 필요한 상황도 아닌데 말이야. 그리고 그 늙은 신사가 죽기 전까진 결혼해 봤자 그다지 큰 이득도 없을 거야.
── **레이디 수전이 존슨 부인에게**, 《레이디 수전》

8월 29일

"그건 아마도 오직 결과만이 좋은 충고였는지 아니었는지를 말해 주는 그런 경우였던 거 같아요."
── **앤 엘리엇**, 《설득》

⚜

8월 30일

"자기 시간에 할 일이 없는 사람은 다른 사람의 시간을 빼앗는 데 양심의 가책을 느끼지 않아."

― 메리앤, 《이성과 감성》

⚜

8월 31일

딸들이 따분한 콜린스 씨와 시간을 보내게 되어 절망하는 동안, 베넷 씨는 그가 "바라던 만큼 터무니없는 인물"인 것을 알고 꽤 즐거워한다. 그리고 캐서린 귀부인과 그녀의 딸에 대한 콜린스 씨의 태도를 꼬치꼬치 캐물으며 재미있어한다.

"이런 칭찬의 말은 순간적인 충동에서 나오는 건지, 아니면 미리 곰곰이 생각해 보고 나온 건지 물어봐도 될까요?"

― 베넷 씨, 《오만과 편견》

9월
SEPTEMBER

요즘 9월은 여름휴가의 끝, 다시 직장이나 학교로 돌아가는 달로 여긴다. 제인 오스틴 시대의 9월은 토지를 소유한 상류층에게는 아마도 사냥 철이었을 것이다. 8월 12일에 시작하는('영광스러운 12일'*) 이 시기에 신사들은 사냥 기술을 뽐내고 사냥감을 잡았다. 제인 오스틴의 초기작 중 《쥬베닐리아》에서 〈윌리엄 몬터규 경〉은 '젊은 귀족 과부' 레이디 퍼시벌과 사랑에 빠지는 이야기를 그린다. 윌리엄 경의 청혼을 받은 그녀는 결혼 날짜를 9월 1일로 정하지만 그 날짜는 불가능해 보인다.

윌리엄 경은 사냥꾼이었기에 그런 날을 놓치는 것을 참을 수 없었다. 그는 그녀에게 결혼식을 조금만 늦춰 달라고 간청했다. 이에 퍼시벌 부인은 크게 분노하더니 다음 날 아침 런던으로 돌아가 버렸다.

윌리엄 경은 그녀를 잃은 것이 안타까웠지만, [……] 9월 1일을 잃었다면 훨씬 더 슬펐을 거라는 사실을 인지하고 있었다.

── **〈윌리엄 몬터규 경〉, 《쥬베닐리아》**

* The Glorious Twelfth, 영국에서 붉은 뇌조(Red grouse) 사냥 철이 시작되는 8월 12일을 가리킨다. 이는 1813년 '사냥법'에 명시된 전통적인 중요한 날짜다.

9월 1일

앤은 바스의 눈부신 태양 아래로 쏟아질 9월의 맹렬한 더위가 두렵기도 하고 그곳의 가을에 느낄 수 있는 향긋하고 아련한 분위기를 포기하는 게 아쉽기도 했지만, 모든 상황을 고려했을 때 그곳에 남아 있고 싶지 않았다. [그녀의 가족과] 함께 가는 게 가장 옳고 가장 지혜로운 결정일 테니, 그러므로 마음고생도 제일 적을 것으로 생각했다.

── 《설득》

9월 2일

아마도 달력의 모든 날을 메리 크로퍼드의 대화문으로 전부 채울 수도 있을 것이다. 이제 9월로 들어서면서 여름휴가를 뒤로 하고 '개학' 분위기가 시작되면, 그중에서도 이 재치 있는 말이 특히 잘 들어맞는다.

"저는 하기 싫어하는 일을 할 때만 피곤해요."
— 메리 크로퍼드, 《맨스필드 파크》

9월 3일

"모든 남자가 자신을 가장 사랑하는 여자와 결혼하는 운명을 타고난 건 아니야."
— 에마 우드하우스, 《에마》

9월 4일

"그 어떤 방법으로 청혼했더라도 저는 받아들이지 않았을 거예요. 〔……〕 당신을 알게 된 지 한 달도 안 됐을 때, 제가 어쩔 수 없이 결혼해야 한다고 해도 절대 당신과는 하지 않겠다고 생각했어요."

── **엘리자베스 베넷이 다아시에게**, 《오만과 편견》

9월 5일

"번듯하게 잘생겼고 특히 예의가 바른 게 마음에 듭니다.—자존심을 내세우거나 건방지게 굴지 않는 진정한 신사네요. 제가 특히나 건방지게 구는 젊은 사람을 대단히 안 좋아한다는 걸 아셔야 해요.—정말 질색입니다."

── **엘턴 부인**, 《에마》

9월 6일

겁에 질린 캐서린 몰런드가 헨리 틸니에게 그의 아버지가 어쩌면 어머니를 살해했을지도 모른다는 무서운 생각을 밝혔을 때, 그의 반응은 오로지 이웃집 숟가락이 몇 개인지 다 아는 마을에서 그런 범죄는 일어날 수 없다는 가능성에만 초점을 맞춘다.

"[……] 이런 마을에서, 이렇게 사회적이고 문학적인 교류가 활발하고, 모든 사람이 자발적으로 스파이 노릇을 하는 이웃들로 둘러싸인 곳에서 [……]"

— 헨리 틸니, 《노생거 사원》

9월 7일

"남을 놀라게 하는 건 한심한 짓이에요. 더 즐거워지는 것도 아니고, 준비 과정은 또 얼마나 귀찮고 불편한지요."

── **나이틀리 씨**, 《에마》

나이틀리 씨에게 깜짝 파티는 안 하는 걸로.

9월 8일

[마리아 버트럼은] 마음속으로 중요한 만반의 준비를 끝냈다. 적막만 흐르는 감옥살이 같은 집에 대한 경멸, 실연의 고통, 그리고 그녀가 결혼하게 될 남자를 향한 혐오의 마음으로 다가올 결혼을 준비했다.

── 《맨스필드 파크》

9월 9일

젊은 샬롯 헤이우드는 새롭고 흥미로운 사람들을 만나 그들의 사회에 속하기를 바라며 샌디턴에 갔을지도 모른다. 하지만 저마다 자신의 건강 문제에 몰두하느라 다른 일에는 아무런 관심도 없는 사람들 사이에 있게 되었음을 깨닫는다.

그렇게 젊고 싱싱한 분위기가 느껴지자, 그는 심지어 불을 피운 것에 대해 사과 비슷한 말을 하기 시작했다. "우리 집에서는 불을 피우지 않았을 거예요. 하지만 바닷가 공기는 늘 습하니까요. 저는 습기처럼 걱정되는 게 없답니다."

샬롯이 말했다. "저는 공기가 습한지 건조한지 전혀 모르겠으니 운이 꽤 좋은 편이네요. 저에게 신선한 공기는 늘 건강에도 좋고 기운도 북돋아 주거든요."

"저도 다른 사람들처럼 공기를 즐긴답니다." 아서가 대답했다. "바람이 불지 않을 때면 창문을 열어놓고 서 있는 걸 아주 좋아해요. 하지만 안타깝게도 습기가 많은 공기는 제게 맞지 않네요."

— 《샌디턴》

9월 10일

불쌍한 사람 같으니! 질투심에 제정신이 아닌 거 같은데, 어쩔 수 없지. 내가 알기로 사랑을 유지하는 데 질투보다 나은 건 없으니까.

── **레이디 수전이 존슨 부인에게, 《레이디 수전》**

9월 11일

누군가의 애정을 얻고 싶다면 언제나 무지한 편이 좋다. 지식을 쌓는 것은 다른 사람의 허영심을 잘 맞춰 줄 수 없게 된다는 뜻이니, 그것은 분별력 있는 사람이라면 늘 피하고 싶어 하는 일이다. 특히 불행히도 여성이 어떤 지식을 갖고 있다면 가능한 한 이를 잘 숨겨야 하는 법이다.

── **《노생거 사원》**

9월 12일

메리가 심각하게 대답했다. "나는 그런 즐거움을 절대 가볍게 여기지 않아. 그런 것들은 여성의 일반적인 성향과 분명 잘 맞을 거야. 하지만 솔직히 나는 아무런 매력도 느끼지 못해. 나는 책이 훨씬 더 좋아."

하지만 리디아는 메리의 이 말을 한 글자도 듣고 있지 않았다. 그 누구의 말이라도 30초 이상 듣지 않았고, 메리의 말이라면 아예 한 귀로 듣고 전부 흘려버렸다.

— 《오만과 편견》

9월 13일

"저는 그런 일로 속 끓이지 않을 정도로 부자로 살 작정이에요. 고소득이야말로 내가 들어본 것 중 확실한 행복의 비결이죠."

— 메리 크로퍼드, 《맨스필드 파크》

9월 14일

1월 13일 《설득》에서 한심한 월터 엘리엇 경의 극도의 허영심을 볼 수 있었다. 바스라는 도시에 관한 그의 생각을 설명하는 이 인용문을 보면, 그가 얼마나 외모를 중요시하는지, 그리고 외모가 부족하다고 생각하는 사람들을 얼마나 맹렬히 비판하는지 다시 한번 확인할 수 있다.

하지만 그래도, 바스에는 못생긴 여자들이 끔찍하게 많아. 남자들은 또 어떻고! 말도 못 하게 심하다고. 길거리에 그런 못난 인간들 천지라니까! 번듯하게 생긴 남자를 본 여자들의 반응을 보면, 그나마 봐줄 만한 남자라도 얼마 본 적이 없다는 게 분명해지지.

── 《설득》

9월 15일

1796년 이 날짜에 제인 오스틴이 언니에게 보낸 편지에서《오만과 편견》의 팬이라면 르프로이 양*과 플레처 양**을 보고 키티와 리디아 베넷 자매를 떠올릴지도 모르겠다. 키티와 리디아 베넷 자매 역시 장교들을 좋아한 탓에, 후자는 결국 스캔들로 이어지는 길을 걷게 된다.

만약 루시[르프로이]를 보게 되면 그녀의 부탁대로 내가 플레처 양이 편지를 쓰지 않은 것을 혼냈다고 전해 줘. 내 나름대로 꾸짖긴 했는데, 플레처 양이 조금이라도 부끄러움을 느끼게 하진 못했어.—플레처 양은 루시가 캔터베리에 있을 때 알던 모든 사람들이 이제 떠났기 때문에 루시에게 쓸 말이 아무것도 없다고 변명하더라. 그녀가 말하는 모든 사람들이란 아마도 새로운 장교들이 캔터베리에 도착했다는 의미일 거 같네.

— **커샌드라 오스틴에게 보내는 편지,
1796년 9월 15일 목요일~16일 금요일**

* 루시 르프로이는 제인 오스틴이 한때 마음을 줬던 톰 르프로이의 친척으로 알려져 있다. 르프로이 가문은 제인 오스틴과 교류했던 가문이다.

** 플레처 양은 제인 오스틴과 켄트에서 만나 친구가 된 것으로 짐작한다.

9월 16일

"제 언니랑 형부도 이곳에 홀딱 반할 거예요. 넓은 저택을 가진 사람들은 똑같은 양식으로 지어진 것만 보면 좋아하잖아요."

에마는 이 말이 사실일지 의심스러웠다. 넓은 저택을 가진 사람들은 다른 부자들에게 아무런 관심도 없다고 확신했다.

―《에마》

9월 17일

뛰어난 분별력이 담긴 말이었지만, 사람의 마음에 분별력이 별 효력을 발휘하지 못하는 상황이 있을 수도 있다.

— 《노생거 사원》

9월 18일

이쯤이면 여름이 가을에 자리를 내어주리라 기대하기 마련이지만, 1796년에 닥친 늦더위는 9월까지 이어져 온도계를 치솟게 했다. 긴 드레스 안에 페티코트까지 입고 푹푹 찌는 날씨와 전쟁을 벌여야 했던 이들을 생각해 보자. 제인 오스틴도 언니에게 보내는 편지에서 찌는 더위를 불평하고 있다.

이렇게 날씨가 끔찍하게 덥다니!—계속해서 우아하지 못한 상태로 지내야 하잖아.

— **커샌드라 오스틴에게 보내는 편지, 1796년 9월 18일 일요일**

⚜

9월 19일

《샌디턴》에 등장하는 차 마시는 장면은 아서의 "연한" 코코아부터(7월 7일 참조) 버터의 적당한 양을 두고 누나들과 벌이는 다툼까지 독자들에게 끊임없는 즐거움을 선사한다.

하지만 〔아서는〕 실랑이를 벌이지 않고는 버터를 마음대로 먹을 수 없었다. 그의 누이들이 그가 버터를 너무 많이 먹으니 믿고 맡길 수 없다고 비난하자, 아서는 자신은 위장 벽을 보호할 만큼만 먹을 뿐이라고, 게다가 지금은 헤이우드 양을 위한 버터라고 우겼다.

그런 항변은 과연 효과가 있었던 모양이다. 그는 버터를 손에 넣었고, 샬롯의 빵에 적어도 스스로 만족할 만큼 정확한 판단으로 정성껏 버터를 발라냈다. 하지만 그녀의 빵에 버터를 다 바르고 자신의 토스트를 손에 쥐자, 버터를 바르면서도 누이들 눈치를 보며 바른 만큼 거의 다 꼼꼼히 긁어내고는 막 입에 넣기 직전에 얼른 버터를 엄청나게 꾹 찍어 먹는 장면에 샬롯은 웃음을 참기 힘들었다.

— 《샌디턴》

⚜

9월 20일

"깊이 생각해 보면, 우리는 누구보다 더 좋은 안내자를 마음속에 이미 갖고 있어요."

— 패니 프라이스, 《맨스필드 파크》

⚜

9월 21일

엘리자베스 베넷은 다아시의 무뚝뚝한 태도와 오만함 뒤에 숨겨진 진짜 성품을 이해하기 시작하면서 자신이 그를 잘못 판단했다는 사실을 깨닫는다.

엘리자베스의 생각은 전날 밤보다 더 오래 펨벌리에 머물러 있었다. 비록 시간이 느리게 흘러가는 것 같아도 저택에 있는 그 한 사람을 향한 그녀의 감정을 결정하기에 충분한 시간은 아니었다. 두 시간을 뜬 눈으로 누워 있으면서 감정을 분석해 보려고 애썼다. 그녀는 분명 그를 증오하지 않았다. 아니, 증오심은 오래전에 사라졌고, 한때 그에게 나쁜 마음을 품었던

게 부끄러웠다. 〔……〕 엘리자베스는 다아시를 존경했고 소중하고 고맙다고 느꼈으며 그의 안부가 진정으로 궁금했다. 그녀가 알고 싶었던 건 다아시의 행복이 자신에게 달려 있기를 스스로 얼마나 바라는가, 그리고 생각하기로는 그녀가 아직도 갖고 있는 영향력을 발휘해 다아시가 다시 청혼하게 유도하는 것이 과연 둘의 행복에 얼마나 도움이 될 것인가 하는 점뿐이었다.

── 《오만과 편견》

9월 22일

〔엘리엇 씨가〕 말했다. "스물한두 살 먹은 젊은 남자가 생각하는 완벽한 사람이 되기 위한 예의범절이라는 것보다 더 터무니없는 건 세상 어디에도 없다고 나는 믿습니다."

── 《설득》

9월 23일

슬픔에 잠긴 벤윅 대령을 만난 뒤(8월 21일 참조) 다정한 앤 엘리엇은 그에게 가장 큰 도움이 되는 조언을 알려 준다. 하지만 조언을 건네는 건 쉬워도 정작 그대로 지키는 일은 쉽지 않다는 사실을 스스로 인정하지 않을 수 없다.

저녁이 끝나가자 앤은 자신이 리암에 와서 한 번도 만난 적 없는 젊은 남자들에게 인내와 체념에 대해 역설했다고 생각하니 들뜨지 않을 수 없었다. 하지만 곰곰이 생각해 보니, 자신의 행동을 살펴봤을 때 곤란한 면이 있는 주제에 관해 다른 많은 위대한 도덕가와 설교자들처럼 그럴듯하게 말만 늘어놓은 게 아닐까 하는 염려가 마음을 짓눌렀다.

— 《설득》

9월 24일

"사람들이 자기들보다 훨씬 적게 가진 이들의 재산이 넉넉하다며 너무 쉽게 단정하는 태도만큼 우스운 것도 없지."

— 메리 크로퍼드, 《맨스필드 파크》

9월 25일

제인 오스틴은 오빠에게 보내는 1813년 오늘 쓴 편지에서 작가로서 자신의 정체를 비밀로 유지하는 어려움을 이야기한다.

헨리 오빠가 스코틀랜드에서 로버트 커 부인과 또 다른 부인이 P&P*를 따뜻하게 칭찬하는 말을 들은 거야.—그래서 헨리 오빠는 형제애 가득한 허영심과 사랑하는 마음에 대번에 그 책을 누가 썼는지 말해버린 거 있지!—그런 식으로 한번 퍼지기 시작하면 얼마나 퍼질지 알잖아!—그리고 그 인간, 사랑스러운 오빠는, 한 번만 그런 게 아니라 여러 번을 그런 거야. 물론 다 아끼고 좋은 마음에서 그런 건 알지만—하지만 동시에 오빠와 메리가 이 문제에 대해 내가 원하는 대로 행동해 주니 얼마나 세심하고 다정한지, 다시 한번 고맙다고 이 편지에서 표현하고 싶었어.

— 프랜시스 오스틴에게 보내는 편지, 1813년 9월 25일 토요일

* 《오만과 편견》

9월 26일

제인 오스틴 책의 등장인물 중 빙리 씨와 제인 베넷처럼 바로 사랑에 빠지는 커플도 있고, 다아시와 엘리자베스처럼 전형적으로 적이었다가 연인 관계가 되는 커플도 있지만, 사랑에 빠진다기보다는 단순히 상대방이 나를 좋아한다는 걸 알고 흐름에 따르기로 한 사람들도 있다.

[비록] 헨리는 이제 그녀에게 상당한 애정을 품게 되었고 그녀의 탁월한 성품을 기뻐했으며 그녀와 함께 하는 시간을 진심으로 사랑했지만, 그의 애정은 오로지 고마움에서 비롯되었다는 점, 다시 말해 그녀가 자신에게 호감을 갖고 있다는 확신이 그녀를 진지하게 생각하게 된 유일한 이유였다는 점을 고백해야겠다. 이것은 로맨스 소설에서 보기 드문 일이라는 건 나도 인지하고 있는 바이며, 여주인공의 품위를 크게 떨어뜨리는 일이기도 하다. 그러나 만약 현실에서도 이 일이 새로운 것이라면, 이 말도 안 되는 상상을 해낸 공로는 온전히 내 몫일 것이다.

— 《노생거 사원》

9월 27일

제인 오스틴의 소설에서 독자에게 가장 큰 즐거움을 선사하는 건 조연들이다. 특히 이들은 극도로 긴장된 순간에 희극적 요소를 불어넣어 줄 때 더욱 그렇다. 주책맞지만 부인할 수 없는 매력의 소유자인 파머 부인은 메리앤을 향한 윌로비의 마음이 변했다는 걸 알게 되었을 때 바로 그런 요소를 보여준다.

파머 부인도 자신만의 방식으로 똑같이 화를 냈다. "그 사람과 당장에 연을 끊기로 마음먹었어요. 잘 몰랐다는 걸 천만다행이라고 생각하고요. 콤브 마그나가 클리블랜드 근처에 있지 않기를 온 마음으로 바라지만, 방문하기에는 너무 먼 거리니 어차피 그건 그리 중요하지 않겠네요. 그 남자가 어찌나 꼴 보기 싫은지 다시는 그 이름을 입에 올리지 않기로 했고, 얼마나 쓸모없는 인간인지 만나는 사람마다 붙잡고 얘기해 줄 거예요."

―《**이성과 감성**》

9월 28일

3월 15일에 언급됐던 《에마》의 등장인물들을 흥분의 도가니로 몰아넣은 '멋진' 편지를 떠올려 보자. 그 편지를 읽은 사람에게는 분명 인상적인 글이었던 것 같기도…….

"〔그건〕 대단히 뛰어나면서도 아름다운 편지여서 웨스턴 부부에게 크나큰 기쁨을 안겨 줬단다. 편지는 웨이머스에서 9월 28일자로 쓰였는데, 시작은 '친애하는 새어머니에게'였지. 하지만 그다음에 어떻게 이어졌는지는 기억이 안 나는구나. 마지막에는 'F. C. 웨스턴 처칠'이라고 서명되어 있었어. 그건 또렷이 기억하네."

— 우드하우스 씨, 《에마》

9월 29일
성 미카엘 축일(Michaelmas)*

성 미카엘 축일은 요즘에는 그리 자주 언급되지 않지만, 제인 오스틴의 소설에서는 심심찮게 등장한다. 그 이유는 휴일일 뿐만 아니라 집세를 내는 '분기일(quarter day)'로 종종 임차의 시작 또는 끝을 의미하기 때문일 것이다. 예를 들면《오만과 편견》의 첫 장에서 빙리 씨가 네더필드를 '성 미카엘 축일' 전에 소유하겠다고 하는 부분을 읽을 수 있고,《이성과 감성》과《설득》에서도 이날이 등장한다.

제닝스 부인의 예언은 다소 뒤엉키긴 했지만 대체로 다 이루어졌다. 성 미카엘 축일까지는 목사관에서 에드워드와 그의 아내를 만날 수 있었고, 엘리너와 그녀의 남편은 이 세상에서 가장 행복한 부부라고 굳게 믿게 되었다. 둘은 브랜던 대령과 메리앤의 결혼 그리고 소를 키울 만한 더 좋은 목초지 외에는 사실 더 바라는 것도 없었다.

— 《이성과 감성》

성 미카엘 축일이 다가왔다. 이제 앤의 마음은 온통 켈린치에 다시 가 있었다. 사랑하는 그 집을 다른 사람들에게 넘겨야 한다. 그 모든 소중한 방과 가구, 아름다운 숲과 전망은 다른 사람들의 시선과 걸음걸이를 받아들이기 시작했다! 앤은 9월 29일 외에는 다른 건 생각할 수도 없었다. 그날 저녁이 되자 메리에게서 그런 점에 대해 조금 공감하는 기색을 느꼈다.

─《설득》

* Saint Michael's Day의 준말로 9월 29일에 기념하는 대천사 미카엘 축일이다. 영국의 4대 분기일 중 하나다.

9월 30일

"여자아이는 교육 좀 시켜서 적당히 세상에 내놓으면, 더는 그 누구의 돈도 들이지 않고 십중팔구 그럭저럭 자리 잡고 살기 마련이죠."

— **노리스 부인,《맨스필드 파크》**

10월
OCTOBER

10월로 들어서면서 늦여름은 이제 완전히 물러났다. 누렇게 마른 나뭇잎이 툭툭 떨어지고 밤은 점점 길어진다. 이 시기에 산책을 나서면 가을을 흠뻑 즐길 수 있고, 내면에 숨어 있던 캐서린 몰런드를 불러내 으스스한 고딕 소설을 읽기에 더없이 좋은 때이기도 하다.

부정기 축제일

시어머니/장모의 날(Mother-in-law Day)

대체로 10월의 넷째 주 일요일에 기념한다. 우리가 어머니 날('부정기 축제일', 3월 참조)에서 보았듯 제인 오스틴 작품의 어머니상에는 아쉬운 점들이 있다. 그러니 우리의 여주인공들은 이날을 맞아 무엇을 기대할 수 있을까? 《오만과 편견》, 《노생거 사원》, 《에마》와 《설득》에서 어머니 같은 존재들은 모두 이미 세상을 떠난 상태이고, 《이성과 감성》의 페라스 부인은 엘리너에게 모욕감을 주는 인물이니, 우리는 이날을 《맨스필드 파크》의 레이디 버트럼에게 바칠 수밖에 없다. 그녀는 대체로 하는 일은 아무것도 없지만 본질적으로 어떤 해도 끼치지 않으며 의심의 여지 없이 패니를 아낀다.

10월 1일

레이디 러셀의 침착함과 예의 바른 몸가짐은 이제 시험대에 올랐다. 〔……〕 클레이 부인이 총애를 받고, 앤이 소외당하는 모습은 끊임없이 그녀를 불편하게 했고, 심지어 멀리 떨어져 있을 때조차 그녀를 괴롭혔다. 바스에서 사교 생활을 즐기고 새로 나온 모든 책과 소문을 꿰고 있으며 수많은 지인을 두었음에도 괴로워할 시간이 있을 정도였다.

— 《설득》

10월 2일

연중 이맘때에는 호두가 제철이다. 그러니 오늘은 해리엇 스미스가 가장 좋아하는 간식을 가져왔던 마틴 씨의 낭만적인 제스처를 감상해 보자.

〔에마는〕 해리엇이 마틴 씨에 대해 더 얘기하도록 유도했는데, 싫어하는 기색은 보이지 않았다. 오히려 해리엇은 달빛 아래서 산책했던 일과 저녁때 재미있게 카드 게임을 했던 일들을 기다렸다는 듯이 술술 털어놓았다. 그리고 그가 얼마나 유머러스하며 친절한지 한참을 떠들었다. 그는 해리엇이 호두를 매우 좋아한다고 말한 걸 기억해 두었다가 그녀에게 주려고 하루 만에 3마일 거리를 왕복하기도 했다.

― 《에마》

10월 3일

보포트 자매는 영국 전역의 세 집 중 적어도 한 집에서는 만날 수 있을 법한 아가씨들이었다. 그들은 봐줄 만한 피부에 멋을 낸 차림새, 꼿꼿하고 단호한 몸가짐, 자신감 있는 표정을 하고 있었다. 교양을 갖춘 듯했지만, 실은 매우 무지했다. 그들은 사람들의 선망을 불러일으키는 활동 그리고 자기 형편을 훌쩍 넘는 비싼 옷을 입기 위해 기발한 노력과 수단을 짜내는 일에 시간을 나누어 쓰고 있었다. 유행이 바뀔 때마다 가장 먼저 따라 입는 부류 중 하나였다. 그리고 이 모든 행위의 목적은 자신들보다 재산이 훨씬 더 많은 남자를 유혹하는 것이었다.

── 《샌디턴》

10월 4일

위컴의 실체가 드러나자, 그에 대한 여론이 어찌나 빠른 속도로 바뀌는지 난봉꾼 같은 기질이 있는 다른 젊은이에게 분명 따끔한 경고가 될 것이다.

석 달 전만 해도 마치 빛의 천사 같다며 찬미하던 메리턴 주민들은 이제 그 남자를 험담하려고 달려드는 것 같았다. (위컴은) 그곳의 모든 상인에게 빚을 진 것으로 드러났고, 유혹에 능수능란하다고 알려진 그의 음모에 상인의 가족들까지 휘말려 있었다. 사람들은 그가 이 세상에서 가장 사악한 젊은이라고 단언했고, 겉으로는 선해 보이는 그의 외모를 언제나 미심쩍어했다는 사실을 깨닫기 시작했다.

— 《오만과 편견》

10월 5일

가을이 찾아오면 우리는 이 계절을 그토록 특별하게 만들어 주는 쾌청하고 상쾌한 날들을 기대하기 마련이다.

우리 쪽 날씨도 아마 언니네 날씨와 비슷했을 거 같은데. 굉장히 기분 좋은 날씨가 이어졌어. 5일과 6일은 10월의 5일과 6일이 늘 그랬으면 좋겠다 싶을 만큼 화창한 날씨였지만, 실내에서는 그래도 난로가 필요했어. 적어도 한낮을 제외하면 말이야.

— 커샌드라 오스틴에게 보내는 편지,
1808년 10월 7일 금요일~9일 일요일

10월 6일

대시우드 부부는 미들턴 부부가 어찌나 마음에 쏙 들었는지 누군가에게 무언가를 베푸는 편은 아니었는데 웬일로 대접을 하겠다고 나섰으니, 다름 아닌 정찬이었다.

— 《이성과 감성》

10월 7일

제인 오스틴은 1808년 이날 언니에게 쓴 편지에서 친한 친구인 마사가 올 예정이며 가문비나무 술을 준비해 두었다고 적었다.

어제 우리에게 알려 줬으니 언니도 당연히 알겠지만, 오늘 마사가 집에 오잖아. 그래서 가문비나무 술을 빚어 놨지.

— **커샌드라 오스틴에게 보내는 편지,**
 1808년 10월 7일 금요일~9일 일요일

가문비나무 술은 당시 인기를 끌었던 음료로 가문비나무의 새싹과 바늘잎으로 양조한다. 《에마》에서도 언급되는데 해리엇이 엘턴 씨의 기념품을 태우기로 결심했을 때(10월 29일 참조) 그 물건 중 하나가 엘턴 씨가 메모할 때 사용했던 낡은 몽당연필이었다. "그때 나이틀리 씨가 가문비나무 술을 빚는 것에 대해 뭐라고 얘기하니까 엘턴 씨가 이 연필로 노트에 [……] 메모하려고 했어요[……]."

10월 8일

그는 내 화를 풀어 주려고 애쓰고 또 애썼어. 하지만 그런 비난을 받아 모욕을 당했는데 칭찬 몇 마디로 풀린다면 한심한 사람이지.

── **레이디 수전이 존슨 부인에게, 《레이디 수전》**

10월 9일

저녁이 길어지고 기온이 점점 내려가는 요즘, 심심할 수 있는 저녁 시간을 수수께끼 같은 말장난을 하며 재미있게 보내는 건 어떨까. 《에마》에서 엘턴 씨가 수수께끼를 내는 장면으로 시작해 보자.

나의 첫 번째는 왕들의 부와 행렬,
이 땅의 군주들! 그들의 호화로움과 안락함이구나.
나의 두 번째는 인간의 또 다른 모습,
저기 그를 보라. 바다의 군주여!
하지만 아! 이 둘이 합쳐졌을 때 우리가 겪는 반전이라니!
그가 자랑하던 힘과 자유, 모든 것은 흘러가고.
땅과 바다의 주인, 그는 노예처럼 굴복하고,
그리고 여인, 사랑스러운 여인이 홀로 다스리네.
당신의 민첩한 기지로 곧 답이 나올 테니,
부디 허락의 눈빛이 그 보드라운 눈동자에서 비추길!

— 《에마》

정답: 구애*

* 영어로는 Courtship이다. court는 궁중, 궁궐, 경의, 충성의 맹세 등의 뜻이 있지만, 구애라는 뜻으로도 쓰인다. ship은 큰 배나 선박을 뜻한다. 첫 번째 힌트인 '나의 첫 번째는 왕들의 부와 행렬'에서 court를 유추하고, 두 번째 힌트인 '나의 두 번째는 인간의 또 다른 모습, 저기 그를 보라. 바다의 군주여!'에서 ship을 유추할 수 있다. '아! 이 둘이 합쳐졌을 때'에서 두 단어를 합치면 답을 얻을 수 있다.

10월 10일

"내 생각엔 언니가 그를 다시 사랑하게 만들 가능성이 꽤 큰 거 같아."

— **엘리자베스 베넷이 언니인 제인에게, 《오만과 편견》**

10월 11일

《오만과 편견》 팬들은 엘리자베스 베넷의 재치 있으면서도 쉽게 겁먹지 않는 성향을 좋아한다. 이 두 가지 특징은 다아시와의 결혼을 반대하는 캐서린 귀부인과 충돌했을 때 분명히 드러난다.

"내 조카와 딸은 천생연분이야. 〔……〕 그러니 뭐가 둘을 갈라놓겠니? 집안도 볼 거 없고, 연줄이나 재산도 없는 젊은 여자가 난데없이 나타나서 허세를 떨다니. 도저히 용납할 수 없어! 절대 참을 수 없고, 참아서도 안 되지. 자신을 위해 뭐가 좋은지 안다면, 자신의 위치를 무너뜨리진 않을 테니까."
"귀부인의 조카와 제가 결혼한다고 해서 제 위치가 무너지는 거라 생각하지 않습니다. 그는 신사이고, 저는 신사의 딸이니까요. 그러니 우리는 동등합니다."

── 《오만과 편견》

❦
10월 12일

10월 초는 산책에 나서기에 완벽한 시기다. 《설득》의 등장인물 중 하나처럼 말이다.

[앤이] 산책에서 얻는 기쁨은 몸을 움직인다는 것과 가을이라는 계절에서 오는 것이었다. 황갈색으로 물든 나뭇잎과 시들어가는 생울타리가 보내는 그해의 마지막 미소 같은 풍경, 그리고 가을을 노래하는 수천 개의 시구 중 일부를 읊으면서 기쁨을 느꼈다. 이 계절은 좋은 취향과 섬세한 마음을 가진 이들에게 독특하고 무궁무진한 영향을 선사하며, 가을을 그려 보려고 또는 감정을 표현하려고 했던, 읽을 가치가 있는 모든 시인이 그려 온 계절이니 말이다.

— 《설득》

10월 13일

단편 소설인 《왓슨 가족》에서 오늘은 서리에 있는 D.라는 마을에서 첫 겨울 무도회가 열리는 날이다. 왓슨 양은 자신의 여동생을 돌봐 줄 이웃집으로 가면서 이렇게 말한다.

"내가 장담컨대, 무도회는 정말 근사할 거야. 많은 장교 중 너와 춤추고 싶어 하지 않는 사람은 거의 없을걸. 에드워즈 부인의 하녀가 적극적으로 너를 도와줄 테지만, 그래도 당황스러운 일이 생기면 메리 에드워즈에게 가서 물어 봐. 판단력이 아주 뛰어나니까. 만약 에드워즈 씨가 카드 게임에서 돈만 잃지 않는다면, 네가 원하는 만큼 늦게까지 있게 될 거야. 하지만 돈을 잃으면 아마 너를 빨리 집으로 보낼 거다. 어찌 됐든 분명 맛있는 수프는 먹을 수 있어."

— **엘리자베스 왓슨,《왓슨 가족》**

정말 위안이 되는 말 아닐까. 모든 게 다 틀어져도 뜨끈한 수프를 먹을 수 있다는 건.

10월 14일

파커 씨는 그들이 이전에 소유했던 채소밭을 그대로 유지하면서 샌디턴으로 이사한 것이 정말 만족스러운 일임을 극찬하며 아내에게 이렇게 말한다.

"이전처럼 우리가 원하는 만큼 온갖 과일과 채소를 먹을 수 있겠군요. 그리고 사실 늘 보기도 흉하고 매년 시드는 골치 아픈 작물을 치우지 않아도, 훌륭한 텃밭이 주는 그 모든 편리함을 누릴 수 있잖아요. 누가 10월의 양배추밭을 참을 수 있겠어요?"

— 파커 씨, 《샌디턴》

그렇지. 누가 참을 수 있을까?

⚜
10월 15일

메리앤이 〔언덕에서 넘어졌던 부상에서〕 좀 나아지자, 존 경이 전부터 생각했던 실내와 야외에서 즐기기 위한 갖가지 계획이 실행에 옮겨졌다. 그래서 공원에서 작은 규모의 무도회가 시작되었고, 소나기가 잦은 10월의 날씨가 허락하는 한 수상 파티도 자주 열렸다.

── **《이성과 감성》**

⚜
10월 16일

보포트 자매는 이내 '샌디턴에서 교류하는 모임'에 만족하게 되었다. 적당한 말로 표현하자면, 모두가 이제 '교류에 참여해야' 하며, 이렇게 쳇바퀴처럼 돌아가는 사교 활동이 하도 잦다 보니 많은 사람들이 어지러워하고 실수를 하는 것인지도 몰랐다.

── **《샌디턴》**

10월 17일

어렸을 때 제인 오스틴이 쓴 유쾌하면서도 혼란스러운 작품인 〈에벌린〉(8월 12일 참조)의 또 다른 발췌문에서, 주인공 가워 씨는 여동생 로즈와 그녀의 연인인 헨리가 연이어 죽자 둘의 결혼을 반대했던 헨리의 부모를 찾아간다. 그가 방문한 목적은 이제라도 결혼을 축복하려는지 확인하기 위해서였다. 물론 두 사람은 이미 세상에 없지만 말이다. 하지만 당연히 _____ 경은 그의 의도를 이해하지 못한다.

"경," 가워 씨는 화를 내며 대답했다. "정말이지 완고한 분이군요. 아드님이 죽었는데도, 그분의 앞날이 행복하길 바라지 않다니요."

— 〈에벌린〉, 《쥬베닐리아》

10월 18일

루이자 머스그로브가 모두가 예상했던 웬트워스 대령이 아닌 슬픔에 잠겨 있던 벤윅 대령에게(8월 21일 참조) 애정을 느낀다고 고백했을 때,《설득》의 등장인물들은 (그리고 아마 독자들도) 꽤 놀랐을 것이다. 얼마간의 생각 끝에 앤 엘리엇은 그 커플이 어떻게 맺어졌는지 이해하게 된다.

활기차고 수다스러운 루이자 머스그로브와 나서길 꺼리고 생각과 감정이 깊고 독서를 즐기는 벤윅 대령은 결코 서로 맞을 거 같지 않은 커플로 보였다. 사고방식이 완전히 다르니까! 두 사람은 어쩌다가 서로 애정을 느끼게 되었을까? 답은 곧 분명해졌다. 그건 바로 상황 때문이었다. 그 둘은 몇 주간 아주 힘든 일을 겪었고 소수의 사람들과 가족처럼 한집에서 지내야 했다. 헨리에타가 떠나면서부터는 분명 서로에게 완전히 의지할 수밖에 없었다. 루이자는 부상에서 막 회복하던 참이라 예민한 상태에 있었고, 벤윅 대령은 슬픔을 가눌 수 없는 상태였다. 〔… 앤은〕 그에게 귀를 기울이고 공감해 주는 웬만큼 발랄한 젊은 여성이라면 누구나 똑같은 애정을 받았을 거라 믿었다. 그는 다정한 마음의 소유자이니 사랑할 누군가가 꼭 필요했던 것이다.

— 《설득》

10월 19일

핼러윈이 다가오면 《노생거 사원》을 읽는 게 맞을 것이다. 고딕 소설과 엉뚱한 상상력을 즐기는 캐서린 몰런드는 사원을 방문할 생각에 흥분되어 머리가 어지러울 지경이다. 하지만 그녀가 기대했던 극적이고 음울한 곳은 아닌 것으로 드러났다.

집, 복도, 안채, 공원, 안마당, 별채는 그녀가 상상했던 형태가 아니라 그냥 결국 사원인 것으로 드러났고, 이제 그녀는 그 사원에서 지내게 될 예정이었다. 그래도 길고 습한 복도, 좁은 방들과 폐허가 된 예배당을 이제 매일 드나들 테니, 예로부터 전해 내려오는 전설이나 상처받은 불운한 운명의 수녀에 대한 끔찍한 기록을 만날 수도 있다는 희망을 완전히 억누를 수는 없었다.

— 《노생거 사원》

10월 20일

군복무를 마치고 여동생 패니와 이모, 삼촌을 방문하러 맨스필드 파크에 온 윌리엄 프라이스는 가장 차분한 사람조차도 몸서리치게 하는 항해 이야기를 들려준다.

젊은 나이에 윌리엄은 이미 많은 것을 경험했다. 〔……〕 7년이라는 기간 동안 바다와 전쟁이 한데 어우러진 위험이란 위험은 모조리 겪게 되었다. 이런 다양한 경험을 녹인 그의 이야기는 모두의 귀를 사로잡기에 충분했다. 비록 노리스 부인이 조카가 난파선이나 교전에 대해 한창 얘기하는 가운데 사방을 헤집고 다니면서 바느질을 두 번 할 만한 길이의 실이나 낡은 셔츠 단추를 찾는다며 모든 사람을 훼방했으나, 모두가 끝까지 그의 얘기에 열심히 집중했다. 심지어 레이디 버트럼조차 그런 끔찍한 얘기를 듣고 깜짝 놀라, 하고 있던 뜨개질감에서 눈을 들고 가끔 이렇게 외치지 않을 수 없었다. "세상에나! 너무 불쾌하구나.—저 지경이면 누가 바다에 나갈 수 있겠니."

—《맨스필드 파크》

10월 21일

날씨는 점점 음울해지지만, 에마 우드하우스와 나이틀리 씨 사이의 이 매력적이고 반짝이는 대화문을 즐겨 보자. 독자들이 이들이 친구 이상으로 발전할 가능성을 조심스레 가늠해 보기 시작하는 순간이다.

"오늘 누구랑 춤을 추나요?"

에마는 잠시 망설이다 대답했다. "나이틀리 씨하고요. 저에게 청하신다면요."

"그럴래요?" 하며 그는 손을 내밀었다.

── 《에마》

10월 22일

톰 머스그레이브가 스탠턴에 있는 왓슨 가족의 식사 초대를 받자, 그는 자신이 공들여 쌓아 온 신비롭고 매력적인 분위기를 유지할 수 있는 그럴듯한 반응을 보여야 한다고 생각한다.

"기꺼이 참석하겠습니다"가 그의 처음 대답이었다. 하지만 잠시 후, "그러니까, 제가 여기에 제시간에 올 수 있다면요. 오스본 경과 사냥을 가니까요. 전혀 신경 쓰지 마십시오. 그러니까 제가 보이지 않더라도 괘념치 마십시오." 그리고 그는 애매모호하게 잘 대답했다는 것에 뿌듯해하며 방을 나갔다.

─ 《왓슨 가족》

10월 23일

제인 오스틴 소설에 등장하는 많은 주변 인물은 상류층과 교류한다고 자부하지만, 주인공들은 (그리고 오스틴 자신도) 겉으로는 그럴듯해 보여도 그들에게 결핍이 있다는 점을 명확하게 이해하고 있다.

정찬은 성대한 식사였다. 〔……〕 대화 말고 빈약한 거라고는 그 어떤 것도 없었지만, 대화의 질이 상당히 떨어진 건 사실이었다. 존 대시우드 자신도 남들이 귀 기울여 들을 만한 말은 별로 하지 않았고 그의 아내는 훨씬 더 심했다. 하지만 그다지 수치스럽지 않았던 이유는 손님들 대부분이 그런 식이었기 때문으로, 호감 가는 사람으로 받아들여지기에는—타고난 것이든 개발한 것이든 분별력의 결핍, 우아함의 결핍, 영혼의 결핍, 또는 성품의 결핍처럼—부족한 점들 한두 가지로 모두들 끙끙댔다.

— **《이성과 감성》**

10월 24일

이틀에 걸쳐 쓴 편지에서 제인 오스틴은 친구들과 함께 스페큘레이션(Speculation) 카드 게임을 즐겼다고 말한다.

내가 카드 게임을 알려 줬는데, 다들 너무 재미있어해서 도통 그만둘 줄 모르더라.
— 오스틴이 커샌드라에게 보내는 편지,
  1808년 10월 24일 월요일~25일 화요일

이 게임에서 플레이어들은 세 장의 카드를 나눠 갖는다. 하지만 트럼프 카드를 갖기 위해 서로에게 자신의 카드를 '팔아야' 한다. 잘 모르겠다면, 레이디 버트럼이 카드 게임을 하려고 애쓰는 모습을 떠올려 보라.

"정말 재미있네요. 아주 독특한 게임이에요. 무슨 게임인지 전혀 모르겠어요. 내 카드를 보질 못하니까 크로퍼드 씨가 알아서 다 해줬어요."
— 레이디 버트럼, 《맨스필드 파크》

이 게임은 《왓슨 가족》에서도 크로이던에서 인기가 있다고 나온다. 비록 등장인물들은 결국 오스본 가족이 더 좋아한다는 뱅탕*을 하면서 하지 않게 되지만.

* Vingt-un, 프랑스어로 21이라는 뜻으로 규칙은 블랙잭과 비슷하다.

⚜
10월 25일

1808년 오늘, 제인 오스틴이 언니에게 쓴 편지에서 날카로운 입담은 유감없이 드러난다. 비록 그것이 짓궂게 들릴지라도, 참으로 유머러스하다.

결혼이라는 주제 말인데, 내가 솔즈베리 신문에서 읽은 우스웠던 결혼 소식을 말해 줄게. 필롯 박사가 레이디 프랜시스 세인트 로렌스와 결혼한대. 그녀는 아마도 살면서 한 번은 남편을 갖고 싶었나 봐. 박사는 귀족 여성을 얻고 싶었고.

— **커샌드라 오스틴에게 보내는 편지,**
1808년 10월 24일 월요일~25일 화요일

10월 26일

크로퍼드 남매 사이의 이 대화문에서 헨리는 패니 프라이스를 유혹할 계획을 밝히고, 메리는 그의 감정을 의심한다.

"메리, 내가 사냥을 하지 않을 땐, 뭘 하며 즐겁게 지낼 거라고 생각하니? [······] 내 계획은 패니 프라이스가 나와 사랑에 빠지게 만드는 거야."

"패니 프라이스! 말도 안 돼! 아니야, 그건 아니야. 패니의 사촌 언니들로 만족해야지."

"하지만 나는 패니 프라이스 말고는, 패니 프라이스의 가슴에 작은 생채기를 만들지 않고는 도저히 만족할 수 없어. [······] 분위기며 예의범절이며 전체적인 분위기가 말로 표현하지 못할 정도로 좋아졌어! 키도 지난 10월 이후로 적어도 2인치는 컸나 봐."

"아휴! 패니랑 비교할 만한 키 큰 여자가 주위에 없었기 때문이고, 새 드레스를 입어서 그렇지. 오빠는 패니가 그렇게 잘 차려입은 걸 본 적이 없잖아." [······]

"패니 양은 도대체 어떤 사람인지 잘 모르겠어. [······] 대화를 이어가기도 힘들어.—지금까지 재미있게 해 주려고 하면서—그렇게 오래 같이 있었는데 한 번도 성공한 적이 없는 여자는 처음이야! 나를 그렇게 엄숙하게 쳐다보는 여자는 만나본 적도 없어! 앞으로 더 잘해야겠어. 패니 양 표정을 보면 '나는 당신을 좋아하지 않을 거예요. 좋아하지 않기로 단단히 마음먹었어요.' 이렇게 말하는 것 같아. 하지만 내 장담하건대, 결국엔 나를 좋아하게 될걸."

"아이고, 한심해라! 결국 그게 패니의 매력 포인트네!—부드러운 피부에 키도 크고, 매력적이고 우아하고 어쩌고저쩌고 그러더니—오빠에게 관심이 없으니까 이러는 거 아냐."

── 《맨스필드 파크》

10월 27일

나뭇잎들이 떨어지고 겨울이 다가오면서, 대시우드 자매는 가을의 아름다움을 두고 이성과 감성 사이에서 매우 다른 반응을 보인다.

엘리너가 물었다. "최근에 서식스에 갔었나요?"

"한 달 전쯤에 노어랜드에 머물렀습니다."〔에드워드가 대답했다.〕

메리앤이 외쳤다. "오, 노어랜드, 나의 그리운 노어랜드는 어떻던가요?"

"오, 나의 그리운 노어랜드. 아마도 이 무렵에 보이는 풍경과 비슷하겠지. 숲도 산책로도 낙엽이 산더미처럼 쌓여 있겠지." 엘리너가 말했다.

"아!" 메리앤이 소리쳤다. "옛날 가을에 봤던 그 풍경이 눈앞에 확 떠오르는 느낌이야! 바람에 우수수 흩날리는 낙엽을 보면서 걸으면 어찌나 행복하던지! 낙엽이 주는 그 느낌이라니, 그 계절, 공기가 어우러져서! 요새는 이걸 제대로 감상하는 사람이 없어요. 사람들은 낙엽을 빨리 치워버려야 하는 성가신 것, 최대한 눈에 띄지 않아야 하는 걸로 여기죠."

"글쎄." 엘리너가 대꾸했다. "모든 사람이 너처럼 낙엽에 뜨거운 열정을 가진 건 아니잖니."

─ 《이성과 감성》

10월 28일

핼러윈이 코앞으로 다가오니 좀 으스스한 것들에 끌리기 마련이다. 루이자 머스그로브가 사고를 당한 후, (그리고 다음에는 그녀의 언니인 헨리에타가 기절함) 라임에 몰려든 사람들의 분위기보다 더 어울리는 상황이 있을까?

[……] 많은 이들이 주변으로 모였다. 필요하다면 조금이라도 도움을 주기 위해서였지만, 죽은 아가씨를 한 명, 아니 두 명이나 구경할 수 있기 때문이었다. 구경거리는 하나보다는 둘이 훨씬 낫다고 하던가.

─ 《설득》

10월 29일

엘턴 씨가 결혼하자 사랑에 상처받은 해리엇 스미스는 그를 생각하며 간직해 온 작은 보물들을 태우기로 결단한다. 에마는 해리엇에게 엘턴 씨와 잘해 보라고 부추기긴 했지만, 해리엇이 간직해 둔 물건을 보고(10월 7일에 나온 연필을 포함해) 고개를 갸웃거리게 되는 건 어쩔 수 없었다.

"가여운 내 친구 해리엇! 이런 물건을 모으면서 정말 행복했던 거예요?"

"네, 제가 참 바보였죠! 하지만 이제는 정말 부끄럽고 태우는 것만큼이나 쉽게 잊을 수 있었으면 좋겠어요. 그가 결혼한 후에도 이런 걸 모아두다니 제가 정말 잘못했죠. 잘못된 일이라는 건 알았지만 막상 버리자고 마음먹기가 잘 안 되더라고요."

"하지만 해리엇, 이런 반창고를 꼭 태울 필요가 있을까? 낡은 연필은 그렇다 쳐도 반창고는 나중에 쓸 수도 있잖아요."

— 《에마》

10월 30일

이번 방문에서 패니가 마지막으로 느낀 감정은 실망이었다. 에드먼드가 조용히 하인을 시켜 가져오라고 한 다음 그녀의 어깨에 둘러 주려던 그 숄을 크로퍼드 씨가 재빨리 낚아채는 바람에, 그녀는 그의 더 적극적인 보살핌에 신세를 질 수밖에 없었다.

— 《맨스필드 파크》

10월 31일
핼러윈(Halloween)

드디어 핼러윈이다. 캐서린 몰런드가 노생거 사원에서 보내는 으슬으슬한 첫날 밤을 묘사한 장면을 읽으면서 이날을 기념하자. 처음에는 사원을 보고 실망하긴 했지만(10월 18일 참조) 건물은 그래도 몇 차례 오싹한 경험을 안겨 준다.

그녀는 몸서리를 치며 침대에서 뒤척였고 조용히 잠에 빠진 사람들을 부러워했다. 폭풍은 여전히 거세게 몰아닥쳤고 별의별 소리가 다 들려오는데, 쫑긋 세운 귀에 이따금 들려오는 바람 소리보다 훨씬 더 무서웠다. 바로 눈앞의 침대 커튼이 한순간 움직이는 것도 같다가, 마치 누군가 침입하려는 것처럼 방문 자물쇠가 덜커덕거리기도 했다. 낮게 중얼거리는 소리가 회랑을 따라 슬금슬금 울려 퍼지는 것 같았고, 멀리서 들려오는 신음 소리에 그녀의 피가 차갑게 식은 적이 한두 번이 아니었다.

— 《노생거 사원》

11월
NOVEMBER

겨울이 성큼 다가왔다. 차가운 날씨, 어둑한 오후 그리고 앙상한 나뭇가지들. 봄과 여름의 즐거웠던 기억은 이제 아스라이 멀어져 가고 일 년 중 밤이 긴 시기이긴 하지만, 그래도 아직 소중한 것들은 많이 남아 있다. 날씨가 너무 춥지 않다면 겨울 산책에 나서는 것도 좋다. 자연의 본 모습을 따라 서두르지 말고 천천히 걷자. 따뜻한 히터와 위로를 주는 음식들 그리고 좋은 책을 한껏 즐겨 보자.

전국 소설 쓰기의 달(National Novel Writing Month)

주로 'NaNoWriMo'로 줄여서 말하는 이 행사는 창의적인 글을 쓰고 싶은 사람은 누구나 참여할 수 있다. 참여 방법은 간단하다. 길어진 저녁 시간을 창작에 몰입하는 데 사용해, 한 달에 5만 자를 쓰는 것이다. 만약 이 행사를 통해 글을 써 보고 싶다면, 지금 펜을 잡아 보는 건 어떨까?

⚜

11월 1일

어색한 상황에서 심사가 뒤틀리는 불편함을 그려 내는 제인 오스틴의 능력은 그야말로 장인의 수준이다. 여기, 불행한 사랑의 삼각관계의 당사자들인 엘리너 대시우드, 루시 스틸 그리고 에드워드 페라스가 예상치 못하게 같은 방에서 만나게 되는 장면이다.

엘리너는 이에 그 어떤 대답도 할 수 없었으니 (……) 문이 활짝 열리며 하인이 페라스 씨가 왔다고 알리자, 곧바로 에드워드 페라스가 방으로 들어왔다. 그야말로 곤란한 순간이었다. 세 명의 표정만 봐도 짐작할 수 있었다. 모두 완전히 얼빠진 사람처럼 보였고, 에드워드는 방으로 성큼성큼 걸어 들어온 만큼 다시 나가고 싶어 몸이 다는 것 같았다. 각각이 전전긍긍하며 피하고 싶던 바로 그 불쾌한 상황이 눈앞에 닥친 것이다. 세 명이 한 곳에 모였을 뿐 아니라, 기댈 만한 다른 사람도 없이 마주하게 되었다.

— 《이성과 감성》

11월 2일

토마스 버트럼 경이 집을 비우게 되자, 맨스필드 파크의 젊은 거주자들은 자유를 지나치게 만끽하기로 한다. 〈연인들의 맹세(Lover's Vow)〉를 공연할 계획에 패니 프라이스가 보인 반응이 어떤 기준이 된다면 말이다. 마리아 버트럼은 남편 될 사람인 러시워스를 무시하면서 헨리 크로퍼드에게 추파를 던지는 가운데, 가족의 가장이 돌아오자 신나게 진행되던 이 연극은 막을 내리고 만다.

11월은 토마스 경이 돌아오기로 정해진 달이었다. 그는 그간의 경험을 바탕으로, 그리고 왠지 불안하기도 해서 그런 결정을 내렸다고 편지에 썼다. 사업은 거의 마무리 단계라 9월 정기선을 탈 수 있었고 결과적으로 11월 초면 사랑하는 가족들과 다시 만날 수 있으리라는 희망을 품게 되었다.

 마리아는 줄리아보다 더 딱한 입장이었다. 아버지가 오면 남편을 맞이해야 하기 때문이었다. 〔……〕 우울해질 게 뻔하지만, 그녀가 할 수 있는 거라고는 그 문제를 뿌연 안개로 드리웠다가 안개가 걷히면 다른 무언가가 보이길 바라는 것뿐이었다. 아버지가 11월 초에 돌아올 가능성은 작았다. 뱃길이 험하다든지 아니면 무슨 이유든 예상보다 늦어지게 마련이니까. 〔……〕 이르면 11월 중순은 돼야 할 테고 그때까지는 아직 석 달이 남아 있었다. 석 달은 13주에 해당했고, 13주 동안 많은 일이 일어날 수 있었다.

— 《맨스필드 파크》

11월 3일

베넷 부인에게는 많은 특징이 있지만 섬세함과는 거리가 멀다고 할 수 있다. 이 장면에서 베넷 부인이 방 안에 있는 모든 사람을 쫓아내 제인이 빙리 씨와 단둘이 있게 하려고 필사적으로 애쓰는 모습은 절로 웃음이 난다.

차를 마신 후, 베넷 씨는 늘 그렇듯 서재로 향했고 메리는 피아노를 연주하러 2층으로 올라갔다. 방해꾼 다섯 명 중 두 명은 치운 셈이다. 이제 베넷 부인은 엘리자베스와 캐서린을 향해 연신 눈을 깜빡거리며 빤히 쳐다보았지만, 아무런 소용이 없었다. 엘리자베스는 어머니를 쳐다보지도 않았고 캐서린은 마침내 순진하게도 이렇게 물었다. "어머니, 왜 그래요? 왜 저한테 눈을 계속 깜빡이세요? 제가 뭘 잘못 했나요?"

"오, 아니다, 애야. 아무것도 아니야. 너한테 윙크한 게 아닌데." 그리고 베넷 부인은 5분 정도 더 가만히 앉아 있었지만, 이렇게 소중한 기회를 그냥 흘려보내면 안 된다는 마음에 갑자기 벌떡 일어나 캐서린에게 말했다.

"아가, 이리 오너라. 너한테 할 말이 있구나." 그러고는 캐서린을 데리고 나가버렸다.

— 《오만과 편견》

11월 4일

작가인 골드스미스는 아무리 사랑스러운 여인이라도 어리석은 짓을 하게 되면 죽는 일 외에는 딱히 수가 없으며, 만약 그녀가 불쾌한 사람이 되면 불명예를 씻기 위해서 마찬가지로 죽음이 나을 수도 있다고 말했다. 처칠 부인은 적어도 25년이라는 세월 동안 사람들에게 미운털이 박힌 여성이었지만, 이제는 연민의 대상이 되었다. 어떨 때는 그녀가 절대적으로 옳았다는 평을 받기도 했다. 심각하게 아프기 전까지 그 누구도 그녀가 정말로 아프다고 생각하지 않았다. 하지만 그녀가 죽고 나서야 그동안 혼자 상상해서 병을 키운 게 아니었으며 불평불만을 쏟아내는 이기적인 여자라는 비난에서 완전히 벗어나게 되었다.

— 《에마》

11월 5일

가이 포크스의 밤(Guy Fawkes Night)*

가이 포크스의 밤 또는 본파이어 나이트는 영국에서 전통적으로 불꽃놀이를 하며 기념한다. 비록 아래의 편지는 1799년 6월에 쓰였지만, 오스틴 시대에는 어떻게 기념했는지 엿볼 수 있다. 다만 오스틴은 같이 연주되던 음악은 별로 좋아하지 않았던 것 같다.

화요일 저녁 시드니 가든에서 성대한 축제가 열려. 음악회랑 조명 장식과 불꽃놀이도 한다나 봐. 불꽃놀이는 나랑 엘리자베스도 기대하고 있는 즐거움이지. 심지어 음악회는 평소보다 더 매력적으로 느껴질 거 같아. 가든이 워낙 넓으니 꽤 멀리 서 있으면 음악 소리가 잘 안 들릴 테니까.

━ **커샌드라 오스틴에게 보내는 편지, 1799년 6월 2일**

* 1605년, 당시 영국은 국교회가 지배적이었고 가톨릭 신자들은 심한 박해를 받았다. 이에 가이 포크스와 동료들은 런던 화약 음모 사건을 계획해 의회 의사당을 폭파하려고 했으나 밀고자에 의해 발각되고 만다. 후에 의회가 이날을 기념일로 지정했다.

11월 6일

〔메리가 다가와서〕〔레이디 버트럼에게〕패니 프라이스의 외모에 대해 칭찬을 늘어놓았다.

"네, 정말 예뻐 보이네요." 이게 버트럼 부인의 차분한 반응이었다. "채프먼이 옷 입는 걸 도와줬지요. 내가 채프먼을 패니에게 보냈거든요." 레이디 버트럼은 패니가 칭찬을 받은 게 기쁘지 않은 것은 아니었지만, 그보다는 다름 아닌 자신이 채프먼을 보냈다니, 이 얼마나 훌륭한 배려였던가 하는 생각에 깊이 빠져 도무지 헤어 나올 수가 없었다.

── 《맨스필드 파크》

11월 7일

11월의 매우 화창한 날이었다. 작은 정원을 통과해 걸어온 머스그로브 자매는 일부러 들러, 긴 산책을 할 예정이니 메리는 같이 가고 싶어 하지 않을 것 같다고 전했다. 메리는 자신이 오래 걸을 수 없는 사람으로 여겨진 것이 언짢아 즉각 이렇게 반응했다. "아, 그래요. 저도 정말 같이 가고 싶네요. 제가 장거리 산책을 얼마나 좋아하는데요." 하지만 앤은 두 아가씨의 표정을 보고 그거야말로 바로 그들이 원하지 않는 일임을 확신했다. 그리고 아무리 하고 싶지 않고 불편하더라도 모든 걸 의논하고 늘 같이 해야 한다는, 그 집안의 생활방식이 만들어 내는 일종의 필연성에 감탄했다.

―《설득》

11월 8일

"아휴, 정말이지!" 다음 날 아침, 베넷 부인이 창가에 서서 외쳤다. "저 불쾌하기 짝이 없는 다아시 씨가 우리의 소중한 빙리 씨와 함께 다시는 우리 집에 오지 않았으면 좋겠구나! 우리 집에 오기만 하면 그렇게 툴툴거리니, 도대체 무슨 의도라니? 당최 종잡을 수가 없지만, 다아시 씨는 사냥을 하러 가든 무슨 볼일을 보러 가든 할 줄 알았지. 이렇게 찾아와서 우리를 힘들게 할 줄은 몰랐네. 그 사람을 어쩌면 좋겠니?"

— 《오만과 편견》

11월 9일

캐서린은 어쨌든 틸니 장군이 그의 아내를 살해했거나 입막음했다고 의심할 만큼 충분히 얘기를 들었다. 그녀는 그의 성격을 잘못 판단한 것도 아니며 그의 잔인함을 과장한 것도 아니었다.

— 《노생거 사원》

⚜

11월 10일

크로프트 부부는 월터 경이 대단히 만족한 게이 스트리트에 숙소를 잡았다. 월터 경은 그들과 친분이 있다는 것을 전혀 부끄러워하지 않았다. 실은 오히려 크로프트 제독이 월터 경에 대해 생각하거나 말한 것보다 월터 경이 제독에 대해 훨씬 더 많이 생각하고 말했다.

── 《설득》

⚜

11월 11일

제인 페어팩스를 싫어하는 (아마도 질투하는) 감정과 씨름하던 에마 우드하우스는 책의 후반부에 가서는 제인이 프랭크 처칠과 약혼했다는 소식에 기뻐할 수 있을 정도로 성숙해졌다.

"제인이 아주 행복했으면 좋겠네요. 이렇게 좋은 점이 많은 사람이니, 프랭크가 운이 좋은 거죠."

── 《에마》

11월 12일

엘리너와 메리앤에게 보인 레이디 미들턴의 행동보다 더 예의 바른 행동은 찾을 수 없겠지만, 그녀는 자매가 전혀 마음에 들지 않았다. 자매가 그녀 자신이나 자녀들의 비위를 맞추지 않았기 때문에 그들의 성품이 좋다고 생각하지 않았고, 독서를 좋아했기 때문에 풍자적일 거라고 여겼다. 어쩌면 레이디 미들턴은 풍자가 무엇인지 정확히 알지 못했을 테지만, 그건 중요하지 않았다.

── 《**이성과 감성**》

11월 13일

세계 친절의 날(World Kindness Day)

《이성과 감성》에서 메리앤이 크게 아팠을 때, 대시우드 부인을 데리러 바턴 코티지로 말을 타고 달려갔던 브랜던 대령의 행동은 그의 다정함과 연민의 마음을 보여 준다. 그날 밤, 메리앤이 죽기 전 용서를 구하려고 술에 취한 채 찾아갔던 자기중심적인 윌러비의 행동과 달리, 브랜던 대령의 행동은 순전히 친절한 마음에서 우러나온 것이었으며, 친구들을 돕고 싶었고, 그게 옳은 일이었기 때문이었다.

그런 순간에 브랜던 대령 같은 친구가 있다는 위안—그녀의 어머니를 위해 그런 동행인이 있다는 사실이—어찌나 고맙게 느껴지던지!—판단력 좋고 존재 자체로 안심이 되며 친밀한 태도로 어머니를 달랠 수 있는 동반자라니!

— **《이성과 감성》**

⚜

11월 14일

레이디 수전은 주변 남자들을 조종하고 자신의 변덕에 맞게 굴복시키는 데서 큰 만족을 얻는다. 다음은 남자와 헤어지는 것과 결혼하는 것 중 어느 게 더 큰 벌일지 즐겁게 고민하는 장면이다.

지금은 이렇게 납작 엎드렸지만 그런 식의 자만은 용서할 수 없어. 화해하고 난 다음에 그를 완전히 차버릴지, 아니면 그와 결혼해 영원히 괴롭히는 게 나을지 고민 중이야.

— **레이디 수전이 존슨 부인에게, 《레이디 수전》**

⚜

11월 15일

"캐서린은 분명 한심하게 덜렁대는 어린 주부가 될 텐데"가 그녀의 어머니가 내놓은 불길한 예언이었다. 하지만 연습만큼 좋은 것은 없다는 말이 재빨리 나온 것은 위안이었다.

— **《노생거 사원》**

11월 16일

오스틴의 작품들은 사람의 심리에 대한 깊은 이해를 보여 준다. 연애라는 세계를 헤쳐 나가려고 하는 어린 조카인 패니 나이트에게 오스틴은 편지를 통해 실제로 연애 고민 상담가 역할을 해 주었다.

아! 사랑하는 패니야, 너의 실수는 수많은 여성들이 저질러 온 거란다. 그는 너에게 마음을 쏟은 첫 남자였지. 그게 바로 매력적인 거고, 그건 대단히 강력한 매력이야.―하지만 너와 똑같은 실수를 저지른 많은 여자들 가운데 너처럼 후회할 이유가 적은 사람은 정말 드물 거야.―그의 성품과 애정은 네가 부끄러워할 만할 수준이 전혀 아니니까.―크게 생각해 볼 때, 이제 무엇을 해야 할까? 그가 너를 자신의 사람이라 여길 정도로 너는 그에게 분명 호감을 보였지. 〔……〕 어쩌면 세상에는 천 명 중 한 명, 너와 내가 완벽하다고 생각하는 그런 사람들이 있어. 품위와 활력이 잘 어우러졌고, 예의범절이 감성과 지성에 걸맞는 사람 말이야. 하지만 그런 사람은 네 앞에 나타나지 않을 수도 있단다. 〔……〕 그러니 이제, 사랑하는 패니야. 이 문제에 대해 내가 한쪽 관점에서 이렇게 길게 썼으니, 이제 방향을 바꿀게. 더는 이 문제로 고민하지 말기를, 네가 그를 정말로 좋아하는 게 아니라면 그를 받아들이지 말라고 간청할게. 애정 없이 결혼하는 것보다 그 어떤 고난이나 어려움이라도 견디는 게 낫단다.

— **패니 나이트에게 보내는 편지,**
  1814년 11월 18일 금요일~20일 토요일

11월 17일

어두운 밤과 매서운 날씨가 이어지는 겨울이 다가올수록 집 안에 콕 박혀 있는 건 늘 매력적인 선택이 될 것이다.

"집에서 편안하게 쉬는 것보다 더 좋은 건 없지요."

— **엘턴 부인, 《에마》**

11월 18일

토마스 경이 [패니]를 보낸 데에는 그녀의 건강만을 염두에 둔 건 아닐지도 모른다. 크로퍼드가 그만하면 패니 옆에 충분히 오래 앉아 있었다고 생각했거나, 패니가 자신의 지시를 얼마나 잘 따르는지를 보여줌으로써 신붓감으로 그녀를 추천하고 싶은 생각이 들었을 수도 있다.

— 《맨스필드 파크》

⚜

11월 19일

정말 괴로운 마음으로 편지를 쓴다. 방금 끔찍한 일이 일어났어. 존슨 씨가 우리 모두를 아주 제대로 괴롭히네. 어떤 식으로 들었는지, 네가 곧 런던에 온다는 소식을 들은 거야. 그러더니 곧바로 통풍 증상이 있으니 바스로 가려던 그의 일정을 완전히 취소할 수 없다면 적어도 미뤄야 한다고 그러네. 통풍이 임의로 왔다 갔다 한다더니, 정말 그런가 보네. 내가 해밀턴네와 함께 레이크 지역으로 놀러 가고 싶어 했을 때도 똑같이 이랬어. 3년 전에 내가 바스에 가고 싶어 할 때는 그에게 통풍 증상이 있다고는 짐작조차 못 했는데 말이야.

— **존슨 부인이 레이디 수전에게,《레이디 수전》**

11월 20일

들어가는 글에서 읽었듯, 커샌드라 오스틴은 제인이 사망하고 나자 많은 편지를 파기했다. 1800년 이날 쓴 이 편지는 오스틴의 혀가 얼마나 매서울 수 있는지를 또렷이 보여 주니 과연 불태워진 편지들에는 어떤 내용이 담겨 있었을지 궁금하지 않은가.

블라운트 부인이 유일하게 많은 찬사를 받은 인물이었어. 그녀는 9월에 봤을 때랑 완전히 똑같은 모습으로 등장했어. 넓적한 얼굴에, 다이아몬드가 달린 머리 밴드, 흰 구두, 분홍빛 남편, 두툼한 목까지. 〔……〕 데바리 양과 수전, 샐리는 모두 검은 옷을 입고 〔……〕 등장했고, 그들의 입 냄새가 너무나 끔찍했지만, 난 할 수 있는 만큼 예의를 갖춰 대했어.

— **커샌드라 오스틴에게 보내는 편지, 1800년 11월 20일 목요일**

11월 21일

"머스그레이브 씨, 성에 있는 목사관 가족과 자주 만나나요?" 자리에 앉으며 에마가 물었다.

"아, 그럼요. 그 가족은 늘 거기에 있지요. 블레이크 부인은 자그마하고, 유머 감각이 좋은 다정한 분입니다. 저와 아주 좋은 친구가 되었답니다. 하워드 목사는 아주 신사다운 훌륭한 분이고요! 모두가 당신을 잊지 않고 얘기합니다. 에마 양, 분명 이따금씩 얼굴이 붉어질 때가 있지요. 지난 토요일 저녁, 9시나 10시경 몸이 좀 더워지지 않았나요? 무슨 일이 있었는지 알려드릴게요. 궁금해 죽겠지요. 하워드가 오스본 경에게 뭐라고 했냐면—"

이 흥미진진한 순간, 다른 사람들이 그를 불러 게임의 규칙을 봐주고 누구의 말이 맞는지 판단해 달라고 했다. 그래서 그는 게임에 완전히 집중하게 되었고, 그 후로는 게임의 흐름에 휩쓸리면서 아까 하던 얘기를 다시 꺼내지 않았다. 에마는 궁금해서 몸이 달았지만 다시 물어볼 용기를 내진 못했다.

— 《왓슨 가족》

11월 22일

다정한 크로프트 제독이 루이자 머스그로브의 이름을 기억해 내려고 애쓰면서, 아가씨들의 이름이 '소피'와 비슷하면 좋겠다고 말한다. 그의 이런 모습에서 아내인 소피아를 향한 그의 애정을 다시금 엿볼 수 있다.

"맞아요, 맞아. 이름이 루이자 머스그로브 양이었죠. 나는 젊은 아가씨들의 이름을 그렇게 다양한 종교적인 이름으로 짓지 않았으면 좋겠어요. 모두 소피 같은 이름이라면 내가 더 잘 기억할 수 있을 텐데요."

── **크로프트 제독**, 《설득》

11월 23일

아주 작은 지역에서는 약간의 새로움이라도 큰 효과를 내는 법이다. 브라이턴에서는 아무런 존재감이 없었을 보포트 자매도 여기서는 다른 사람들의 눈에 띄지 않고는 움직일 수 없었다. 그리고 심지어 그 어떤 노력도 들이기 귀찮아하는 아서 파커 씨조차 8분의 1마일 정도를 돌아가고 언덕을 오르고도 두 걸음을 더해야 했지만, 보포트 자매를 잠깐이라도 보려고 늘 모퉁이 집을 지나 테라스를 돌아 형의 집으로 향했다.

— 《샌디턴》

11월 24일

일 년 중 이 시기의 날씨는 다소 음산할 때가 많다. 비가 와서 축 처지는 날에 재미있는 놀거리가 있는 집에서 쉴 수 있을 정도로 운이 좋다면, 당구대조차 없이 바턴 파크에 발이 묶인 파머 씨를 떠올려 보자.

"아유, 참! 내 사랑, 여보!" 파머 부인이 막 방으로 들어선 남편에게 외쳤다. "대시우드 자매에게 이번 겨울은 런던에서 지내라고 같이 좀 설득해 줘요."

그녀의 여보는 대답이 없었다. 대신 자매에게 약간 고개를 숙여 인사한 뒤 날씨에 대해 불평을 늘어놓기 시작했다.

"이 얼마나 끔찍합니까!" 그가 말했다. "이런 날씨는 세상 만사 다 넌더리 나게 하지요. 비가 오면 실내건 실외건 따분하기 그지없습니다. 친구고 뭐고 다 싫어지고 말입니다. 도대체 존 경은 집에 당구대 하나 설치하지 않고 뭐 했답니까? 생활을 안락하게 해 주는 물건이 뭔지 아는 사람이 어쩌나 드문지! 존 경은 이 날씨만큼이나 한심한 사람이네요."

— 《이성과 감성》

⚜
11월 25일

사랑하는 언니에게,

  오늘 아침에 편지가 올 줄 알았는데 안 왔더라고. 앞으로 메리의 아이들에 대해 더는 귀찮게 쓰지 않을게. 소식을 전해도 고마워하는 대신, 언니는 늘 제임스 오빠한테 편지를 쓰잖아.

— **커샌드라 오스틴에게 보내는 편지, 1798년 11월 25일 일요일**

⚜
11월 26일

[엘리엇가에서] 누리는 저녁 시간의 즐거움은 오로지 지인들과 즐기는 우아하지만 아무런 의미 없는 사교 모임에 있었다.

— **《설득》**

11월 27일

엘리너가 새로이 페라스 부인이 된 사람이 자신이 생각했던 형제와 결혼한 게 아니었다는 사실을 알게 되는 장면을 쓸 때, 제인 오스틴이 얼마나 즐거웠을지 머릿속에 그려 볼 수 있을 것이다. 이 오해는 루시라고 하지 않고 페라스 부인이라고 부르는 관습 때문에 깊어졌다.

[……] 굉장히 어색한 침묵이 방을 내리눌렀다. 이 침묵은 에드워드에게 페라스 부인의 안부를 물어야겠다는 의무감을 느낀 대시우드 부인에 의해 깨졌다. [에드워드는] 서둘러 잘 계신다고 대답했다.

또다시 흐르는 침묵.

엘리너는 자신의 목소리가 어찌 들릴지 두려웠지만, 용기를 내기로 결단하고 드디어 입을 열었다.

"페라스 부인은 롱스테이플에 계시나요?"

"롱스테이플요!" 에드워드는 예상치 못한 질문이라는 듯 답했다. "아니요. 제 어머니는 런던에 계십니다."

"그러니까," 엘리너가 탁자에서 뜨개질 거리를 주섬주섬

챙기며 말했다. "에드워드 페라스 부인을 물은 겁니다."

엘리너는 차마 고개를 들 수 없었다. 하지만 어머니와 메리 앤 두 명의 시선은 에드워드에게 꽂혔다. 그는 당황한 듯 얼굴을 붉히더니, 확실치 않다는 듯 망설이다가 말했다.

"그러니까, 제 동생, 로버트 페라스 부인 말씀이군요."

──**《이성과 감성》**

11월 28일

[헨리는] 삼촌을 속속들이 알았기에 그 어떤 결혼 문제라도 상의할 수 없다는 걸 알았다. 제독은 결혼을 혐오했고 독립된 재산을 가진 젊은이에게 절대 용납될 수 없는 일이라 여겼다.

— 《맨스필드 파크》

11월 29일

"만약 제게 고맙다는 말을 하고 싶은 거라면, [……] 그건 오직 당신 자신을 위해서만 하세요. 당신을 행복하게 해 주고 싶다는 열망 때문에 제가 그렇게 행동했던 것이고, 그 점은 부정하지 않겠습니다. 하지만 당신 가족은 제게 신세 진 게 하나도 없습니다. 그분들을 존중하지만, 저는 오직 당신만을 생각했습니다."

— **다아시가 엘리자베스 베넷에게,** 《오만과 편견》

11월 30일

1814년 오늘, 조카에게 보낸 편지에서 오스틴은 책을 판매하는 게 얼마나 어려운 일인지 솔직히 털어놓는다. 어쩌면 오늘 이 글은 당신이 좋아하는 서점에 가서 아끼는 작가들을 도와야 한다는 신호일지도 모른다.

사람들은 책을 사기보다는 빌려 읽고 칭찬하는 데 더 열심인 것 같아.—나도 이해 못 할 일은 아니지.—나 역시 누구보다 칭찬을 좋아하지만, 에드워드가 백랍*이라 부르는 것도 좋아해.

— **패니 나이트에게 보내는 편지, 1814년 11월 30일**

* pewter, 주석과 납 등의 합금, 백랍, 상금, 금전 등의 뜻이 있다.

12월
DECEMBER

제인 오스틴의 글을 읽으면서 떠났던 한 해의 여정이 이제 마지막 달에 닿으며 마칠 시간이 되었다. 12월은 사랑하는 이들과 모여서 따뜻하고 아늑하게 지내며 감사를 표하고 특별한 순간을 함께 즐기는 달이다. 방을 따뜻하게 하고 뜨거운 차를 준비하고 이 달을 천천히 즐길 수 있는 시간을 마련해 한 해를 차분히 돌아보자. 이맘때면 어두운 계절을 밝히는 크리스마스, 하누카*와 콴자** 축제가 있다. 여러분이 어떤 전통을 따르든, 선물과 음악으로 축제 분위기를 내고 초를 밝히고 멀드 와인***을 즐기자. 이 시기에는 사랑과 기쁨만이 충만할 것이다.

- * Hanukkah, 히브리어로 '봉헌'이란 뜻으로 유대교 축제일의 하나. 크리스마스와 날짜가 비슷하기 때문에 같이 즐기는 경우가 많다.
- ** Kwanzaa, 미국 내 일부 아프리카계가 12월 26일~1월 1일 사이에 여는 문화 축제. 1966년에 처음 기념되었고 아프리카 수확 축제 전통을 바탕으로 만들어졌다.
- *** mulled wine, 프랑스에선 '뱅쇼'라고 하는 따뜻한 와인으로 영국에서는 '멀드 와인'이라 부른다. mulled는 '포도주에 설탕과 향신료를 넣어 데운'이란 뜻이다.

12월 1일

《설득》에 등장하는 약간 불쾌한 인물인 엘리자베스 엘리엇은 자신의 외모에 푹 빠져 있고 자만심에 가득 차 있다. 이러한 그녀의 특징은 동생 앤에게 레이디 러셀에 대해 말하는 이 대화문에 응집되어 있다.

"그저 내 사랑의 안부 인사만 전해줘. 아! 가는 김에 레이디 러셀이 빌려준 그 지루한 책은 내가 다 읽었다고 하면서 돌려주렴. 새 책이 나올 때마다 읽어 보라고 하니, 정말 괴로워 죽겠네. 내가 이런 말 했다는 말은 하지 마. 지난밤에 입은 드레스는 정말이지 끔찍하더라. 그래도 취향은 좀 있다고 생각했었는데, 연주회에서 창피했잖아. 그렇게 딱딱하고 가식적인 태도라니! 또 얼마나 꼿꼿이 앉아 있는지! 어쨌든 내가 최고로 사랑한다고 전해 드려."

— 엘리자베스 엘리엇, 《설득》

12월 2일

엘리너가 에드워드의 결혼에 대해 잘못 생각했던(11월 27일 참조) 오해를 풀고 나자, 에드워드가 바턴에 찾아온 진짜 목적은 곧 분명해졌다. 제인 오스틴이 루시 스틸과 이미 약혼했던 에드워드의 사정을 재미를 위해 넣긴 했지만, 정말 달콤한 순간이다.

사실 그가 바턴에 온 용건은 단순했다. 엘리너에게 청혼하려는 게 다였다.—이런 경험이 전혀 없는 것은 아니었음을 생각해 볼 때, 에드워드가 지금 이토록 용기를 내야 하고 신선한 공기가 절실히 필요할 정도로 긴장하는 게 이상할 수도 있다.

── **《이성과 감성》**

12월 3일

쌀쌀해진 날씨에 감기 기운이 있다면 우드하우스 씨의 조언을 참고하자. 따끈한 오트밀 죽 한 그릇이면 분명 한결 나아질 것이다.

"가여운 내 딸 이사벨라. […] 애야, 일찍 잠자리에 드는 게 좋겠다.—그전에 오트밀 죽을 조금 먹어 보렴.—아비랑 같이 따끈한 죽 한 그릇 먹자꾸나. 에마야. 우리 모두 죽을 먹는 게 어떻겠니?"

에마는 먹을 생각이 조금도 없었고, 나이틀리 형제도 마찬가지라는 걸 알고 있었다.—결국 죽은 두 그릇만 준비되었다. 오트밀 죽에 대한 예찬이 좀 더 이어지고, 왜 모든 사람이 매일 저녁 죽을 먹지 않는지 의아해한 후 [우드하우스 씨는] 진지한 투로 이렇게 말했다.

"애야, 네가 여기로 오지 않고 사우스엔드에서 가을을 보낸 건 아쉬운 일이었어. 나는 바닷바람을 좋다고 생각한 적이 한 번도 없구나."

— 《에마》

⚜

12월 4일

엘턴 부인이 우쭐대면서 하는 말은 언제나 적당히 걸러서 들어야겠지만, 음악에 대한 의견은 독자들에게 종종 공감을 자아낸다.

"음악이 없다면, 인생이 참 공허하게 느껴질 거예요."
── 《에마》

⚜

12월 5일

"[……] 많은 이의 인정을 받는 남자라고 해도 모든 여성에게는 그를 받아들이지 않을 권리가 있고 좋아하지 않을 수 있다고 느껴야 해요. 세상 모든 기준에서 완벽한 남자라 해도, 모든 여성이 그를 다 좋아하고 받아들여야만 한다는 생각은 옳지 않습니다."

── 《맨스필드 파크》

12월 6일

엘리자베스가 약혼했다는 말을 듣고 다아시를 향한 마음을 눈 깜짝할 새 바꾸는 베넷 부인의 반응만큼 혼란스럽고도 유쾌한 장면은 없을 것이다.

"세상에나! 하나님, 축복하소서! 생각만 했었다고! 맙소사, 다아시 씨하고! 누가 생각이나 했겠니? 그게 정말 사실이니? 오! 내 딸, 엘리자베스야! 네가 얼마나 부유하고 편하게 살게 되겠니! 넉넉한 용돈에, 온갖 보석에, 마차는 또 어떻고! 제인은 상대도 안 되겠구나.—상대도 안 돼. 정말 너무 기쁘구나.—정말 행복해. 그렇게 매력적인 남자라니!—생기긴 또 얼마나 잘 생겼니! 키도 크지!—오, 세상에, 엘리자베스야! 내가 전에 그 사람을 그렇게 싫어했던 걸 용서해 주길. 다아시 씨가 제발 넘어가 줬으면 좋겠구나. 내 딸, 엘리자베스야. 런던에 있는 집이라니! 멋진 물건이 가득하잖니! 딸 셋이 결혼하게 됐어! 연 수입이 1만 파운드라니! 오, 신이시여! 이제 어쩜 좋니. 내가 정신이 하나도 없구나."

— **베넷 부인**, 《오만과 편견》

12월 7일

《노생거 사원》 결말에서 고딕 소설을 풍자하려는 목표를 달성하면서 또 다른 고전 작품을 세상에 내놓은 제인 오스틴은 그 메시지가 무엇일지 흥미롭게 반추한다.

각각 스물여섯과 열여덟이라는 나이에 완벽한 행복을 시작한 것은 꽤 잘한 일이다. 그리고 장군의 부당한 간섭이 그들의 행복에 해가 되기보다는 오히려 서로를 더 잘 알게 하고 애정을 더욱 굳게 함으로써 결과적으로 도움이 됐다고 확신한다. 나는 이 작품이 부모의 압제를 옹호하는 것인지 아니면 자식의 불복종에 보상을 주는 것인지는 누구든 관심 있는 독자가 알아서 판단하도록 남겨두겠다.

— **《노생거 사원》**

12월 8일

일주일이 지나기도 전에 두 집을 가만히 비교해 본 패니는 결혼 생활과 독신 생활에 관한 존슨 박사*의 유명한 경구를 두 집에 적용해 보고 싶었다. 말하자면, 맨스필드 파크에는 고통이 좀 있을 수 있겠지만, 포츠머스에는 즐거움이라고는 전혀 없다는 것이다.

── 《맨스필드 파크》

* 새뮤얼 존슨(1709~1784)은 18세기 문학계에서 유명한 인물이었다. 사전 편찬자, 수필가, 비평가였는데 그의 작품은 당시 문학적 취향과 기준에 큰 영향을 미쳤고 제인 오스틴에게도 예외는 아니었다.

12월 9일

나이트 부인*이 나에게 그렇게 관심이 있으시다니, 정말 감사한 마음이 드네.—그분이 원한다면 파피용 씨**라도 결혼할게. 그가 꺼리든, 내가 꺼리든 상관없이 말이야.—그분께는 이런 사소한 희생보다 훨씬 큰 빚을 지고 있잖아.

— 커샌드라 오스틴에게 보내는 편지, 1808년 12월 9일 금요일

* 오빠 에드워드 오스틴을 법적으로 입양한 후견인. 오스틴 가문에 중요한 인물이다.
** 존 파피용은 목사였고 오스틴 가족과 먼 친척으로 서로 알고 지냈지만 여기서 진지하게 결혼 상대로 얘기했다기보다는 풍자적 유머의 도구로 언급되었다고 본다.

12월 10일

나이틀리가 에마에게 자신의 진심을 털어놓을 때 비록 말솜씨가 좋지 못하다고 말했음에도 불구하고, 수많은 낭만적인 대사 중 가장 인상적인 말을 전한다.

"에마, 나는 말을 장황하게 하지 못해요."—그러고는 신중하고 진지하면서도 굉장히 다정한 말투로 말을 이어가 대단히 설득력 있게 들렸다.—"내가 당신을 조금 덜 사랑했다면, 더 많은 말을 할 수 있을지도 모르겠어요."

── **나이틀리 씨**, 《에마》

12월 11일

제인 오스틴은 역사상 가장 사랑받은 작가 중 한 명이었지만, 1815년 이날 섭정왕의 사서인 제임스 스태니어 클라크(3월 27일, 4월 1일 참조)에게 보낸 이 편지를 보면, 위대한 그녀라도 작품이 어떻게 읽힐지 걱정했다는 사실을 알 수 있다.

저의 가장 큰 염려는 이 네 번째 책(《에마》)이 앞선 책들이 쌓아놓은 좋은 점을 망치게 되지 않을까 하는 것입니다. 하지만 이 점에 대해 저 자신에게 솔직히 말하자면, 제가 이번 책의 성공을 바라는 마음이 아무리 크다 해도, P&P*를 더 좋아하는 독자들에게는 재치가 부족한 것 같고, MP**를 더 좋아하는 독자들에게는 분별력이 크게 모자라는 것 같다는 생각이 계속해서 머릿속에 떠돕니다.

— 제임스 스태니어 클라크에게 보낸 편지, 1815년 12월 11일 월요일

《에마》를 각색한 1990년대 영화 《클루리스》에서 셰어가 했던 유명한 대사를 인용하겠다. "말도 안 돼!"

* 《오만과 편견》
** 《맨스필드 파크》

⚜

12월 12일

제인 오스틴이 살았던 세계는 완전히 남성 중심의 사회였다. 이 글에서 앤 엘리엇은 절제된 감정과 간결한 문장으로 이 사회에는 여성의 목소리가 배제되어 있음을 깔끔하게 표현한다.

"네, 네, 그렇죠. 괜찮다면 책에서 나오는 예시는 언급하지 않았으면 좋겠습니다. 남성은 자신의 이야기를 하기가 여성보다 훨씬 더 유리하죠. 높은 수준의 교육도 남성의 소유고요. 펜도 남성의 손에 쥐어져 있지요. 저는 그걸 증명하기 위해 책을 사용하지는 않을 겁니다."

── 앤 엘리엇, 《설득》

12월 13일

에드워드 페라스는 자신이 루시 스틸과 경솔하게 약혼했던 일을 설명하면서, 그가 처음으로 만났던 여자 중 하나였기 때문에 끌렸었다고 털어놓는다.

"루시는 붙임성 있고 친절하기만 했습니다. 예쁘기도 했지요.—적어도 그때는 그렇게 생각했고, 전에 여자라고는 거의 만나 보지 못했기 때문에 비교할 대상도 없었고요. 흠도 찾을 수 없었습니다."

— 에드워드 페라스, 《이성과 감성》

12월 14일

친애하는 알리시아에게, 그런 나이의 남자와 결혼하다니 네가 큰 실수를 저지른 게지!—그렇게 답답하고, 고집불통에다 통풍까지 걸린 늙은이라니.—같이 즐겁게 지내기에는 너무 늦었고, 죽기에는 아직 너무 젊구나.

— 레이디 수전이 존슨 부인에게, 《레이디 수전》

12월 15일

에드먼드가 어느 정도의 재산만 유지한다면, 목사가 되는 것도 봐줄 수 있었다.

— 《맨스필드 파크》

12월 16일

1775년 오늘, 제인 오스틴이 태어났다. 그녀의 부모는 11월에 태어날 것으로 기대했다. 그런데 이렇게 늦게 나왔으니 이는 제인이 예상했던 것과는 매우 다른 아이로 자랄 것이라는 이른 암시였을 수도 있다. 오늘은 엘리자베스 베넷에 대한 묘사를 읽으며 제인 오스틴의 생일을 축하하자. 이는 오스틴 자신에 대한 설명일 수 있다.

[그녀는] 쾌활하고 장난기가 많았으며, 뭐든 말도 안 되는 것을 재미있어했다.

── **《오만과 편견》**

12월 17일

리디아의 도피 소식과 캐서린 귀부인이 엘리자베스와 다아시 사이의 약혼 가능성을 거부할 것이라는 경고를 적은 콜린스 씨 특유의 거만한 문체의 편지를 받은 베넷 씨는 재미있다는 듯 편지 일부를 딸에게 읽어 주고 이렇게 말한다.

"그런데 엘리자베스, 너는 별로 재미가 없나 보구나. 너 설마 어린 여자애처럼 이런 한심한 편지 때문에 상처 입은 척하고 그럴 거 아니지? 우리가 무슨 재미로 살겠니. 우리가 이웃들에게 놀림을 당할 때도 있고, 또 우리 차례가 오면 우리가 놀려먹는 재미 아니겠니?"

— 베넷 씨, 《오만과 편견》

12월 18일

보고 싶은 커샌드라,

  내가 생각했던 대로 언니 편지가 일찍 도착했어. 편지는 앞으로도 그렇게 도착할 거야. 왜냐하면 내가 편지를 받기 전까지는 기대하지 않겠다는 규칙을 만들었거든. 그래야 우리 둘 모두에게 편하지.

— 커샌드라 오스틴에게 보내는 편지,
    1798년 12월 18일 화요일~19일 수요일

12월 19일

사실이란 건 정말로 끔찍한 거야!

— **존슨 부인이 레이디 수전에게, 《레이디 수전》**

12월 20일

죄책감이나 불행은 다른 이들이 쓰게 두자. 나는 그런 끔찍한 주제는 최대한 빨리 그만두고, 크게 잘못하지 않은 사람들에게 적당한 평안을 되돌려주고, 나머지 사람들은 다루지 않을 작정이다.

— **《맨스필드 파크》**

12월 21일

일 년 중 낮이 가장 짧고 밤이 가장 긴 동지가 이맘때다. 비록 겨울이 영원히 계속될 것 같은 기분이 들지만, 이제부터 매일 낮이 조금씩 더 길어질 것이고 햇빛은 좀 더 밝아질 것이다. 이를 기념하기 위해 웬트워스 대령이 앤 엘리엇에게 쓴 아름다운 편지를 읽어 보자. 어둠이 걷히고 마침내 그가 자신의 진짜 감정을 깨닫게 되는 순간을 감상해 보자.

더는 침묵하며 듣고 있을 수 없소. 당신에게 전달할 수 있는 방법으로 말해야겠소. 당신은 내 영혼을 꿰뚫는 사람이오. 내게는 괴로움과 희망이 절반씩 혼재하오. 내가 그리 늦은 게 아니라고, 이런 소중한 감정들이 영원히 사라지지 않았다고 말해 주오. 당신이 8년 반 전, 내 가슴을 거의 부숴 버렸을 때보다 더한 마음으로 다시 한번 나를 당신에게 바치겠소. 남자가 여자보다 더 빨리 잊는다고, 남자의 사랑이 더 일찍 죽는다고 제발 말하지 말아 주시오. 나는 당신 외에는 그 누구도 사랑하지 않았소. 내가 부당했을지언정, 나약하고 분개했을지언정, 결코 내 마음이 변한 적은 없소. 〔……〕 글을 쓰기가 힘들구려. 당신이 하는 말의 그 무언가에 나는 압도당하고 만다오. 당신이 낮은 목소리로 말해 다른 사람들 소리에 섞인데도, 나는 그 목소리를 구분할 수 있소.—당신은 너무나도 선하고 훌륭한 사람이오! 남자를 정말 공정하게 평가하고 있소. 남자에게도 진실한 애정과 충실함이 있다고 굳게 믿고 있소. 가장 뜨겁고 가장 한결같은 마음을 가진 이가 있다는 사실을 믿어 주시오…….

F. W.

이제 가야겠소. 내 운명은 불확실하지만. 여기로 돌아오거나 최대한 빨리 당신 일행을 뒤따라가겠소. 오늘 저녁, 내가 당신 아버지의 집에 들어갈 수 있을지, 영영 들어가지 못할지는 당신의 말 한마디, 눈짓 한 번이면 충분히 결정될 거요.

━ **웬트워스 대령이 앤 엘리엇에게 보내는 편지,《설득》**

12월 22일

대시우드 부인도 딸 메리앤처럼 가끔 지나치게 로맨틱해지는 경향이 있지만, 정말 중요한 순간에는 주변 사람들에게 지혜가 담긴 조언을 전하기도 한다.

"당신만의 행복이 뭔지 알아 가세요. 당신에게 필요한 건 인내뿐이에요.―혹은 더 매혹적인 이름을 붙이고 싶다면, 희망이라고 부르세요."

― **대시우드 부인, 《이성과 감성》**

12월 23일

대부분의 《오만과 편견》 독자들은 베넷 씨의 의견에 동의할 것이다. 즉, 그의 아내의 매력은 아둔함에 있고 그걸 잃는다면 아쉬울 것이다.

딸들을 좋은 집안으로 시집보내고 싶다는 베넷 부인의 너무나도 간절한 소원이 이뤄졌으니, 이제 그녀의 가족을 위해서라도 남은 생애 동안에는 합리적이고 상냥하며 박식한 부인이 되었다고 말할 수 있다면 좋을 것이다. 하지만 그런 흔치 않은 형태의 가정의 행복을 경험해 보지 않은 베넷 씨에게는 아내가 여전히 가끔은 신경질적이고 변함없이 어리석은 게 어쩌면 다행일지도 모른다.

— 《오만과 편견》

12월 24일

《에마》의 등장인물들은 웨스턴 부부가 초대한 저녁 식사에 참석하기 위해 랜달스에 모였다. 우드하우스 씨는 쌓여 가는 눈을 보고 위험하다며 곤혹스러워 하고, 엘턴 씨는 에마에게 다소 서툴고 (원치 않은) 프러포즈를 했던 다사다난한 밤이었다. 하지만 하이버리 주민들이 연말의 기쁨을 함께 즐긴 순간이기도 하다.

"하! 눈발이 날리기 시작하는군."

"그렇군요." 나이틀리 씨가 대답했다. "나중에는 더 쏟아질 거 같은데요."

"크리스마스 날씨로군요." 엘턴 씨가 말했다. "연말다운 풍경이에요. 어제 눈이 내리기 시작했다면 오늘 파티에 못 올 뻔했으니 우린 정말 운이 좋다고 할 수 있겠어요. [……] 친구들과 모여서 놀기에 더없이 좋은 시기입니다. 크리스마스에는 다들 친구를 초대하고 아무리 날씨가 궂어도 별로 신경 안 쓰니까요. 한번은 친구 집에 놀러 갔는데, 눈 때문에 일주일을 갇혀 있었어요. 그보다 더 재미있는 추억은 없답니다.

하루만 묵으러 간 거였는데 정확히 일주일이 지난 그 밤에 집에 돌아올 수 있었어요."

존 나이틀리 씨는 그게 재미있는 추억이라는 말을 이해할 수 없다는 표정을 짓더니 차갑게 이렇게만 말했다.

"눈 때문에 랜달스에 일주일을 갇혀 지내야 한다면, 그건 생각하기도 싫군요."

── 《에마》

⚜

12월 25일
크리스마스

언니, 메리 크리스마스. 하지만 형식적인 계절 인사는 안 할게.

── **커샌드라 오스틴에게 보내는 편지,**
　　1798년 12월 24일 월요일~26일 수요일

⚜

12월 26일

박싱 데이(Boxing Day)*

1798년 오늘 언니에게 쓴 편지에서 제인 오스틴이 연말에 참석해야 하는 끝없는 사교 활동에 점점 지쳐 가고 있음을 짐작할 수 있다.

블래치퍼드 양은 그 정도면 괜찮은 사람이야. 나는 사람들이 너무 좋아도 별로더라. 그러면 그들을 많이 좋아해야 하는 수고를 덜 수 있잖아.

— **커샌드라 오스틴에게 보내는 편지,**
   1798년 12월 24일 월요일~26일 수요일

---

* 영국과 일부 영연방 국가들에서 기념하는 공휴일. 원래는 가난한 이들에게 선물을 포장해서 나누어 주는 날로 시작되었다. 요즘은 대규모 세일과 쇼핑 시즌의 시작일이다.

⚜

12월 27일

1808년 이날, 언니에게 보내는 또 다른 편지에서 제인 오스틴은 커샌드라가 바느질하는 걸 도와줄 수 있길 바란다. 크리스마스와 새해 전날 사이에 다소 비는 듯한 이 시기(흔히 '벳윅스트마스Betwixtmas'라고도 하는 기간)에 우리 중 많은 이들이 조금은 기운 없고 심지어 꽤 심심하다고 느끼기도 한다. 어쩌면 바느질이 딱 알맞은 소일거리인지도 모른다.

언니 바느질을 내가 도울 수 있으면 좋겠다. 나는 빈손이 두 개나 있고 아무것도 안 하고 편히 있는 새 골무도 하나 있거든.

― **커샌드라 오스틴에게 보내는 편지,**
　1808년 12월 27일 화요일~28일 수요일

⚜
12월 28일

정말 재미없는 크리스마스를 보냈어. 아버님과 어머님은 연휴 동안 한 번도 만찬 파티를 열지 않았어. 헤이터 가족을 초대했던 건 생각도 안 나.

— **메리 머스그로브가 앤 엘리엇에게 보내는 편지, 《설득》**

⚜
12월 29일

한 해가 마무리되는 이 시기는 조용히 지난 시간을 생각해 보며 좋고 나빴던 일들을 뒤돌아보기에 좋다. 그럴 때는 현명한 여성인 엘리자베스 베넷의 조언을 따라, 아프고 힘들었던 순간들을 너무 오래 곱씹지 않도록 하자.

"과거는 그 기억이 기쁠 때만 생각하세요."

— **엘리자베스 베넷, 《오만과 편견》**

12월 30일

1816년 이 무렵, 오스틴은 첫딸을 낳은 조카 애나 르프로이*에게 편지를 써, 막 출간된 《에마》 한 권을 보내 주었다.

사랑하는 애나에게,

 내가 너의 제마이마를 무척 보고 싶어 하듯이 너도 나의 에마가 보고 싶겠지. 그래서 기쁜 마음으로 네가 읽을 수 있게 책을 보낸다.

── **애나 르프로이에게 보내는 편지, 1815년 12월~1816년 1월**

* 제인 오스틴의 제일 큰 오빠인 제임스 오스틴과 그의 첫 번째 아내 앤 매튜 사이에서 낳은 딸. 본래 이름은 애나 오스틴이며, 후에 벤저민 르프로이와 결혼해 애나 르프로이가 되었다. 제인 오스틴과 나이 차이는 열여덟 살이었지만 문학에 관해 얘기하는 가까운 사이였다.

12월 31일

오스틴이 쓴 최고의 작별 인사 중 하나로 한 해를 마무리하자. 전설적인 요부, 레이디 수전만의 독보적인 스타일의 인사다.

사랑하는 친구들, 아듀. 다음 통풍 발작은 덜하길 바랄게.

— **레이디 수전이 존슨 부인에게, 《레이디 수전》**

참고도서

Jane Austen: The Complete Novels by Jane Austen. Penguin, 2007.

Sanditon by Jane Austen. Ilias Thiessas Publishing, 2020.

The Watsons by Jane Austen. Project Gutenberg Australia, 2008.

The Complete Juvenilia of Jane Austen (eBook). WS, 2018.

Jane Austen: Selected Letters. Selected and introduced by Vivien Jones. Oxford World's Classics, 2004.

Jane Austen: A Life by Claire Tomalin. Penguin, 2000.

지은이 타라 리처드슨(Tara Richardson)

영국 런던에서 활동하는 작가이자 편집자이다. 웰빙, 정원 가꾸기, 음식문화부터 동화, 판타지, 고전 문학까지 다양한 분야에서 몸과 마음을 풍요롭게 하고 일상을 즐겁게 만드는 이야기를 책으로 쓰고 엮는다.

옮긴이 박혜원

대학에서 영어학을 전공하고 대학원에서 영어 교육학으로 석사 학위를 취득했다. 책을 사랑하는 다독가이자 장서가로 영어 고전을 읽는 북클럽을 13년째 이끌고 있다. 중고등학교 교사를 거쳐 글밥 아카데미를 통해 번역의 길로 들어섰다. 지은 책으로는 《유학영어 길라잡이(공저)》가 있고, 역서로는 《이상한 나라의 앨리스》, 《빨강 머리 앤》, 《어린 왕자》, 《아이 엠 아두니》, 《톨킨의 세계》 등이 있다.

매일매일 제인 오스틴 365

초판 1쇄 발행 2025년 12월 16일

지은이 타라 리처드슨 **옮긴이** 박혜원

발행인 정동훈   **편집인** 여영아   **편집국장** 최유성
책임편집 양정희   **편집** 김지용 김혜정 조은별
디자인 스튜디오 글리

발행처 (주)학산문화사   **출판등록** 1995년 7월 1일 제3-632호
주소 서울특별시 동작구 상도로 282
전화 (편집) 02-828-8834 (마케팅) 02-828-8801
인스타그램 @allez_pub

ISBN 979-11-411-7189-6 (03800)

알레는 (주)학산문화사의 단행본 브랜드입니다.

- 잘못된 책은 구입하신 곳에서 바꾸어 드립니다.
- 값은 뒤표지에 있습니다.
- 전화 문의는 받지 않습니다